鳴物師　音無ゆかり

依頼人の言霊

上野歩
Ueno Ayumu

文芸社文庫

目次

第一章

オキヌサマ

1

マンションのプライベートエレベーターで最上階までやってきた訪問者が名乗った。

「河合美雨《かわいみう》です」

ゆかりは訊いた。

「幾つ？」

「十一歳、小学五年」

さっきインターホンが鳴った時、無視することもできた。しかし、モニターに映った少女の姿を見て、なぜか拒絶できなかったのは、自分が幸福だった頃を思い出したから？　それにもうひとつ、なによりこの子は、冷えた〝言玉《ことだま》〟を身体の中に抱えていた。

ゆかりは美雨を、窓のない、さして広くもない部屋に通していた。白い壁には絵や飾りがなにもなく、白いローテーブルと赤い革張りの応接ソファだけが置かれている。床も白一色だ。

美雨がポシェットから、折りたたんだ一枚の紙片を取り出し、広げた。

「これを見てきたんです」

ゆかりは、汚れて、端が破れかけたその紙を受け取ると、文面を眺めてため息をついた。

> お困り事のある方はお越しください。
> 因縁除霊で縁日到来！
> 何人といえども行く先の見える方はおりません。現在は無事無難な方も、このチラシがいずれ必ず役に立つことでしょう。人生には言うに言えない悩み事があるものです。早期解決のために一度ご相談においでください。
> 鳴物師《なりものし》　音無《おとなし》ゆかり
> 東京都港区紅坂《べにさか》＊丁目＊番＊　龍神スカイタワー4401号

この印刷物はゆかりが手配したものではない。だが、誰の手によるものかはすぐに察しがついた。

それにしても嘘くさい内容だ、とゆかりは思う。

ガラステーブルの向こうで美雨が必死な面持ちで言った。

「これって、霊で困ってる人を助けてくれるってことですよね？」

「うーんと、そう、ま、そう読めないこともないかな」

「あの、訊いていいですか。お幾つですか？」

「え？　あたし？　今度はあなたがあたしに齢《とし》を訊くわけ」

「だって……」

「あたしが若いから？」

確かにゆかりは若かった。十八歳。今は胸に大きな赤いリボンのある、真紅のミニドレスに身を包み、ウェーブのかかった長い黒髪が背中を覆《おお》っている。ちょっと昭和っぽい装いだけど。

そんなゆかりを、美雨が目を丸くして眺めていた。

「若くて頼りない？」

ゆかりがからかうように言うと、美雨が困ったように首を振った。

それで、さらに言葉を重ねる。

「別に、頼りにしてくれなくったってかまわないよ。こっちもお願いして来てもらったわけじゃないんだから」

美雨が泣きそうな顔で首を振った。

「あの、高いんですか？」

「なんのこと？」

「……霊を払ってもらうためのおカネ」

ゆかりはくすりと笑《た》った。

「高っかいよ～」

そう言ったら、美雨がうつむいてしまった。

ちょっと意地悪しすぎたかな。

「まあ、いっか。こうして訪ねてこられたからには仕方ないよね。〈音聞き〉をするから話してみて」

「オトキキ？」

「うん。場合によっては〈音消し〉が必要になるかもね」

2

すすけた黒い陽除《オーニング》けテントに、白抜きで〔ホットドッグ　パン☆アメリカン〕と、やる気のなさそうな文字が並ぶ。その店は、クラシックホテルやセレクトショップ、高級レストランが林立するこの界隈にいかにも不似合いだった。

ところが、郊外の駅前商店街にある喫茶店のような野暮ったい外観とは裏腹に、店に入ると雰囲気は一変する。壁、床、天井、テーブル、カウンター、すべてが黒一色に塗り込められ、薄明かりの中で濡れたような赤いソファだけが艶《つや》めいて浮き上がっていた。カウンターに置いてある、脚の長いスツールの丸い腰掛け部分も赤。棚には高価な洋酒がズラリと並んでいる。

そうして、スツールのひとつに腰を下ろしている男こそ、この妖しげな空間、パン・アメリカンの主人だった。綾瀬恭一郎《あやせきょういちろう》。齢《とし》は三十代半ばになろうかといったところ。

今、店内にはマスターの綾瀬とバーテンダーの入来亮《いりきりょう》しかいない。この時に限らず、パン・アメリカンはたいていがこんなありさまだ。オーニングにあるとおり、自慢のホットドッグを主《あるじ》みずから調理したくてうずうずしてるというのに。

「前から訊《き》いてみたかったんですが……」

と、亮は主が飲むためのウイスキーグラスをカウンターの上に置きながら言ってみた。身長一七八センチの自分よりも、綾瀬は一〇センチ、あるいはそれ以上の長身である。肩幅も広く、座っている今も亮の目の前を壁がふさいでいるようだった。

「マスターはどうして、あのゆかりって娘《コ》の世話をいちいち焼いてるんです？」

綾瀬が眉間にしわを寄せた。その横顔は彫りの深い渋いダンディとも、ぬぼーっとした石像ともいえた。石像よりも渋いダンディにキメるべく、オシャレ無精ひげが顔を覆っている。黒いスタンドカラーのシャツのボタンを一番上まで留め、黒いスーツを着ている。ぴかぴかの黒いエナメルの靴を履いていた。

「そりゃあ、あれよ。遺伝子に組み込まれちまってるからよ。どうにもならないわな」

「遺伝子ねえ」

亮は、冷やかすように言う。

綾瀬が目の前に置かれたウイスキーグラスを取り上げた。

「俺んとこの家系はよ、代々が〝縁日台《えんにちだい》〟に仕えてんだ」

苦みばしった表情でひと口飲むと、氷がカラカラと軽い音を立てる。ただし、褐色の液体はウーロン茶だ。こんな仕事をしてるくせにアルコールはまったく受け付けない体質である。

「社《やしろ》をたたんじまって、土地を売っ払って、今じゃあ姫はあのマンションの最上階で隠遁暮らしを決め込んじまってるが、あんなじゃいけねえ」

「マスター、〝隠遁暮らし〟なんて言葉、今は使いませんよ。引きこもりって言うんです、ああいうの」

「引きこもりだあ？」

亮は頷いて、

「だいいち〝姫〟って、ゆかりさんはなんの姫にあらせられるんです？」

からかい半分にそう訊くと、綾瀬がぎろりとにらみ返してきた。

「〝龍神〟の姫よ」

その迫力に、亮ははっと息を呑み、あざ笑うような表情を引き締めた。

その時だった、パン・アメリカンのドアが開いて、真っ赤なビニールのレインコートを着た音無ゆかりが現れた。

3

　ゆかりが綾瀬の隣のスツールに腰を下ろすのを亮は見ている。彼女が、レインコートの裾から伸びた脚を組んだ。ハイヒールの赤いエナメルのパンプスを履いている。レインコートの前が開いて、赤いミニドレスが覗《のぞ》いた。

　綾瀬がすかさず、

「姫、お召しになっていただいてるんですね」

「なんでこれが、〝鳴物師〟の衣装なの⁉　もー、信じらんない」

「インパクトですよ、インパクト！　ぱっと見て、はったりをかませられるじゃないですか。それっぽいでしょ」

「この格好のどこがそれっぽいわけ？」

「まったくです！」

　と亮もすかさず賛同する。

「そんな真っ赤なフリフリのドレス、今どきアイドル歌手の衣装にもなんない。センスねー」

「なんだと！」

綾瀬の大きな手で胸倉をつかまれ、亮はビビッた。

ゆかりは相変わらずしらっとして、

「ただのオヤジ趣味」

そう一蹴した。

「オヤジ趣味って、姫……」

綾瀬が心底悲しそうな表情になる。

「分かった。ね、だから着てるでしょ、こうやって」

ゆかりは慌ててなだめにかかった。

「なにしろ、マスターはあたしの後見人で、生活費を月々渡されてる身だもんね」

「先代よりお預かりした財産はすべて姫のものです。私は、あくまで管理しているだけ」

そこで、綾瀬がゆかりに向き直った。ゆかりの小顔は、綾瀬の顔の半分くらいだった。

「私の願いはただひとつ。姫に鳴物師として縁日台の看板をきちんと上げていただくこと」

綾瀬が座ったまま両腕を広げた。

「その願いがここにこめられてるわけ？」

ゆかりがレインコートのポケットから一枚の紙を出して、綾瀬の前に置いた。亮も知っているチラシだった。

「マスターでしょ、こんなものつくって、バラまいたの」

「ちなみに、マスターに言われて、チラシをあちこちの家にポスティングして歩いたのは俺です」

亮は言った。

「道に落ちてたみたいよ、それ」

ゆかりの言葉に、亮はがくっとなった。

それでもめげない綾瀬が喜色を浮かべる。

「すると姫、さっそく効果があったんで？　それを持って姫のもとを訪ねた人間がいたんでしょ？」

「なあに、この『因縁除霊』って？　鳴物師がそういうのじゃないって、マスターはよーく知ってるはずじゃない」

「キャッチコピーってやつですよ。ビギナーにも訴求するようにね。で、来たんですね、客が？」

「女の子がひとり訪ねてきたよ。小学生のね」

綾瀬を見ずに真っ直ぐ前を向いたまま、ゆかりが言った。

「それはそれは……え、小学生？」

「あれだけビラまいて、小学生がたったひとり……。マスター、だから言ったでしょ、紙のチラシなんてもう古いって」

「うるせー！」

と亮を一喝してから綾瀬が続けた。

「で、姫、首尾《しゅび》は？」

「仕方ないから〈音聞き〉をしといたよ」

「姫の〈音聞き〉とは懐かしい」

「ほんとゴブサタだったわぁ」

ゆかりがため息をついて、語り始めた。

*

「朝、目が覚めると、私の部屋の机の上にお絹さまからのプレゼントがあるの」

と美雨が言った。

「オキヌサマ？」

「うちの学校に伝わる神さま。絹は、えーと、布の……」

「織物の絹ね？」

ゆかりがそう言うと、美雨はこくりと頷いた。

「お絹さま、か」

ゆかりは口の中で転がすようにつぶやいてみた。

窓のない壁の外で、都会は一日の騒乱を終え、つかの間静寂に包まれる。逢魔《おうま》が時《どき》
――

街路樹の洞《うろ》や地下鉄の入り口、マンホールから魔は顔を見せ、ほんのひと時、薄明《はくめい》の中で思うままに振る舞うと、夜の帳《とばり》の向こうに踊りながら消えてゆく。

龍神スカイタワーの四十四階にある一室に、秘めやかな宵闇《よいやみ》の空気が忍び込んできた。

魔は去った。

今、ここは縁日台となり、ゆかりは鳴物師となって目を閉じ、〈音聞き〉に集中していた。

「お絹さまは、美雨ちゃんの机の上になにを置いて行ってくれるの？」

「『リルの冒険』とか」

「リルノボウケン？」

「ゲームよ。ロープレ」

あたしには分からない世界だ。

「それから？」

「『アンケンサの伝説』」

「またゲーム？」

「ううん、コミック」

やれやれ。

「あとはどんな物？」

そのほか、お絹さまが残してゆくのは、ストラップやアクセサリーだったりするという。

「で、美雨ちゃんは、そのプレゼントが嬉しくないわけ？」

彼女が頷いた。

「どうして？」

黙っている。

「プレゼントが気に入らないとか」

すると、首を振って、

「好きな物ばかり」

と言う。

「おかしいじゃない。好きなプレゼントをもらっておいて、それが嬉しくないなんて」

美雨がゆかりを必死の面持ちで見た。

「やめさせて！　お絹さまにやめさせて!!」

＊

ひとりパン・アメリカンを出て、ゆかりは赤いレインコートのポケットに両手を差し入れ、夜の街を歩いていた。

言いたがらなかったこと、出なかった音、むやみに鳴る音——音にはさまざまな種類がある。そうして、そこにはなにかがある。

遥か古代から言葉には霊的なパワーがあるといわれていた。言葉にして発することで、そのとおりの結果をもたらす力がある、と。「金持ちになる」「彼女と結婚する」「受験に合格する」——人々は、あえてそう口にすることで、自らの願いを実現してきた。それは『言霊《ことだま》』と呼ばれた。一方で、日々の生活の中で受けた苦しみやストレく、言葉にせず呑み込むと、発散されなかったパワーは体内に〝言玉《ことだま》〟となって巣くい、出口を探してもがく。その結果現れる症状は、病院に行って薬をもらっても、カウンセリングを受けても治らない。

そうした声にならない音を聞き取る〈音聞き〉、それを解放する〈音消し〉を行うのが鳴物師である自分だ。鳴物師とは、人々の苦しみを取り除く能力を秘めた音無一族に与えられた尊称だった。

「なにをやめさせてほしいの？」

「お絹さまにやめさせて！」

「だから、なにを？」

「物を置いていくのをやめさせて！」

「それは、お絹さまが美雨ちゃんにくれたんじゃないの？」

「そうじゃない！」

「欲しい物ばかりだったんでしょ？」

「そうだけど、やめさせて！」

「欲しい物をもらって嬉しくないの？」

「嬉しくない！」

「あれは、お絹さまからのあなたへのプレゼントじゃないの？」

美雨は激しく首を振った。

「じゃない！」

ゆかりは、美雨の中の冷たいシャボン玉のような言玉が大きく膨らむのを感じた。

そこでさらに押してみた。

「ねえ、プレゼントって、たとえば誰がくれるの？」

大きな蒼《あお》い月の下を歩きながら、ゆかりは〈音聞き〉をプレイバックしている。

レインコートのポケットから右手を出すと、そこにはパンコがいた。手のひらに載るほどの大きさのそのぬいぐるみをゆかりはそっと撫でた。白クマというにはベージュがかっている。もともとそんな色をしていたわけではない。ゆかりが幼い頃から撫でまわし、中途半端にくすんでいるだけだ。

中途半端なのはあたしと同じ。

「さっきの〈音聞き〉なんだけど、あんたはどう思う？」

ゆかりはそっとパンコに語りかけた。

この辺りには諸外国の大使館、公使館などがあり、官邸や私邸がそれを取り囲み、多くの外国人が住んでいる。すると、そうした人々が食事をするための各国の料理店もまた集まってくる。

パンコを片手に抱いたゆかりは、ぜいたくな調度のそうした店々が立ち並ぶ一角から、古い屋敷町へと道を折れた。

奥深い、ひっそりとした暗い屋敷町には、樹の香りや夜霧が漂っている。ゆかりは小さく深呼吸すると、細い坂を下り、もうしばらく夜の散歩を続けることにした。

美雨には口にしなかった言葉がある、とゆかりは思った。それが、彼女の言玉。だから、それを取り除いてやる必要がある。

4

亮が、左ハンドルのジャガー・セダンを小学校の校庭のフェンスに沿ってゆっくりと走らせていた。

ジャガーのボディは真紅、内装も赤い革張りだった。だぶだぶのカーゴパンツにパーカーのゆかりは、広々とした後部シートに座っている。長い髪はニット帽の中に押し込んでいた。車窓から眺める放課後の校庭では子どもたちが遊んでいた。

「この学校、絹《きぬ》衣《い》第《だい》二《に》小《しょう》学校《がっこう》ってんですよ」

助手席にいる綾瀬が大きな半身を窮屈そうに後ろに向け、ゆかりに言った。

「第二っていうからには、第一小学校があるし、第三小学校もあったんですが、少子化でもって学齢児童が減りましてね。で、統廃合の結果この第二だけが残ったってわけです」

　亮は相変わらずジャガーを徐行させている。彼はパン・アメリカンにいる時のボウタイのバーテンダースタイルではなく、黒いレザージャケットに黒いTシャツ、黒のレザーパンツ、両脇に伸縮性のマチのある黒革のサイドゴア・ブーツを履いていた。

　ジャガーは小学校の正門前を過ぎ、住宅の建て込んだ脇の細い道を抜けて、裏側に回った。校舎と体育館が陽を遮り、狭い裏庭を仄暗《ほのぐら》くしていた。校庭の賑やかさとは対照的に、そこはひと気なくひっそりとしている。裏庭の一角に、木立がこんもりと繁る場所があった。

「絹弁才天《きぬべんざいてん》――絹弁天を祀《まつ》った社《やしろ》ですよ」

　亮が言った。

「絹弁天」

　ゆかりが繰り返すと、

「ええ」

　亮が言って、ジャガーを社の前で停めた。

「この辺で聞き込んだ話ですが、ずいぶん昔、平安とか鎌倉とか、そんな時代のことになると思うんですけど、雪の日に、老女が弁天様の像を見て、裸で寒そうだと、絹糸で織った布地をかけてやったらしいんです」

「ここのご神体、裸弁天らしいんですな、ひひひっ」

横から綾瀬が口を挟んだ。仏頂面にヤラシイ笑みが浮かんでいた。

たしなめるように亮が空咳《からせき》をする。

「老女の行いを喜んだ弁天さまは、以来、町を守護するようになった。絹衣という地名はそこから由来するものです」

再び綾瀬が、

「太平洋戦争中、この辺りが米軍機の空襲に遭った時には、校庭に掘った防空壕に逃げ込んだ教師や児童が煙に巻かれて助からなかったのに、逃げ遅れてこの社にいた子どもたちは無傷だったってんですからね。しかし、絹弁天は、助けてあげられなかった児童たちがいたことを悲しんだ。それで、時々、子どもたちに贈りものをするって伝説が生まれた。この絹衣第二小の児童たちからは代々〝お絹さま〟と呼ばれて親しまれているようです」

ゆかりは黙ったままふたりの話を聞いていた。

「降りてみますか?」

綾瀬に言われ、

「そうね」

ゆかりは応えた。

亮がさっと外に出ると、後部座席のドアをうやうやしく開けた。

ゆかりは、アスファルトの上に降り立つ。そして小さな朱塗りの鳥居をくぐって神社の中へと入っていった。綾瀬と亮が自分に続く。

狭い境内には玉砂利が敷き詰められていて、ゆかりのバックル付きのごついブーツは薄っすらと砂埃をかぶった。

木立のほとんどはイチョウだ。

「空襲の時、絹弁天が子どもらを守ったっていう伝説も、イチョウの木が水分を多く含んでいて燃えにくかったから、というのがリアルな考え方のようですがね」

綾瀬が言う。

ひときわ大きなイチョウの木の陰になった正面奥には小さな社があり、観音扉の格子の向こうに三〇センチほどの弁天像が見えた。弁才天は白い絹に包まれている。それが、薄闇にぼうっと浮かび上がって見えた。

「神社は関東大震災で一度倒壊し、再建されたもんです。この弁天像も、それほど古いもんじゃないでしょう」

綾瀬が言った。

「それでもね、絹の布地は、今も近所の人が折を見て新しいのと交換してるようですね」

お絹さまの目が、ゆかりを眺めて微笑んでいるようだった。

「美雨の周りを調べてくれる？　友達、学校生活なんかを」

ゆかりは後ろに立っているふたりに言った。

5

亮のサイドゴア・ブーツは、小学生たちを尾行していた。

彼は付き合っている女の子に、「坂本龍馬に似てる」と言われたことがあった。しかし、あの着物にブーツを履いた有名な肖像写真の幕末の志士には似ても似つかないのではと感じた。自他ともに認めるジャニーズ系のさわやかイケメンである。けれど、彼女が言うには、「なにか雰囲気のようなものが似てるの」だとか。亮はそれがなんとなく嬉しくもあった。もっともその娘《コ》とはとっくの昔に別れてしまったけど。ふと自分の背中に、龍馬にもあったと伝えられる鬣《たてがみ》があることに思い至る。それはともかく、ふたりの小学生のあとをそっとつけるなどというのは、坂本龍馬のすることではない。亮が尾行しているのは、五年生の河合美雨と、やはり絹衣第二小学校に通う六年生の女の子——大山《おおやま》リナという名前であることを彼は掴んでいた——である。

ふたりは、笑ったり、おしゃべりしながら歩いてゆく。ピンク系でまとめた似たような服装をした彼女らは、仲のよい姉妹のようだ。

「そろってレースのミニスカはいて小悪魔かっつーの」

亮はぼやいた。

ふたりが住宅地を抜け、次第に人と車の往来が激しくなる商業地域へと入ってゆくと、亮は尾行が目立たなくなって助かった。と同時に、彼女らが都会の小学生なのだ、という感想を抱いた。少し歩けばこうした繁華街がある都会に住む子どもなのだ、と。

亮は九州の片田舎で山野を駆けずり回って育った。ある日のことだ。沼地でイノシシと遭遇した。イノシシは、身体についた寄生虫を落とすために泥浴していたのだ。イノシシは亮少年に気がつくと、まっしぐらに突進してきた。それは、まるで泥の塊のように見えた。すぐさま自分は……そこで亮は、はっと我に返った。前方で、美雨とリナが大人たちに取り囲まれていたのだ。

亮は歩を速める。キレエな二人連れのＯＬさんが、すれ違いざまに自分のことを気にしていた。時間があればお茶でもするところだが、今はそれどころではない。美雨とリナにおもに話しかけているのは三十代の女で、あとはもう少し若い男ふたりがそれに付き従っている感じだ。男のひとりはカメラを持っていた。ハイスペックモデルのデジタル一眼で、彼らは雑誌かなにかの取材クルーらしかった。

さりげなくやりとりに耳を傾けると、少女らの最近のファッション傾向についてリサーチしているようだ。なるほど、美雨もリナもとてもオシャレだ。いや、彼女らにかかわらず、今の子たちはみんなシャレた格好をしている。自分も都会に出て、だいぶ洗練されたつもりだが、ガキの頃はひでえ身なりをしていた。あのイノシシに追いかけ回された時だって……

「じゃ、写真いい？」

とカメラマンが訊く。

美雨がこくりと頷いた。

すると、

「えー、やだあ」

リナが言った。

美雨の表情を一瞬悲しげなものがかすめた。

6

「ほんとにこんなんで、大丈夫なんですかね？」

亮はいざとなるとやはり心細くなって、綾瀬にこそこそ話しかけた。

「んなこと、ここまで来て言うな」

と綾瀬は素っ気ない。

「でも、近頃ブッソウな事件が多いから、学校側も不審者の立ち入りには警戒してるって」

「だから、こうやっていかにも不審者じゃねえ格好をしてんだろ」

ふたりともグレーの作業服に作業帽を身につけ、校門を抜けて絹衣第二小学校の校庭を歩いていた。綾瀬のほうは工具箱まで提げている。もっとも中身は空なのだけれど。

「不審者そのものですけどね、俺たち」

校舎の正面玄関を入ってすぐにある、校務員室の窓口を覗き込んで亮は愛想よく声をかけた。巨大ロボットみたいな綾瀬より、モデル体形でイケメンの自分のほうが人受けがいいに決まっている。

「ちわーっす。配電盤の検査に参りました」

心臓はバクバクだ。

初老の校務員は昼食中らしく、

「そんなの聞いてないけどなあ」

迷惑げに言うと、小窓の向こうから怪しむような視線をじろじろと送ってきた。

「ほいほい、おふたりさん、こっちだよ。来とくれ」

その時、背後で声がした。

振り返ると、手ぬぐいでほっかむりした、丸眼鏡の掃除のおばちゃんが、モップから離した片手をひらひらさせて、自分たちを呼んでいる。

「は……はい」

返事をし、亮は校務員に向かって一礼すると、綾瀬とともに急いでそちらに向かう。

「姫、なんと嘆かわしいお姿を」

「プッ」

亮は吹き出した。

「まるで別人ですよ、ゆかりさん」

「うるさいなあ」

丸眼鏡越しにこちらを不満そうににらむゆかりに、なぜか亮は彼女の違う一面を発見する思いだった。かわいいとこあるじゃん。

「さ、行くよ」

廊下にモップをスイスイと滑らせながら進むゆかりに、綾瀬と亮は続いた。

やがて、〔5年生〕というプレートの下がった教室の前で三人は立ち止まった。一学年一クラスの美雨のいる教室である。

ゆかりが亮を見て頷き、彼が頷き返すと、入り口の引き戸をほんの少しだけ開ける。まず、ゆかりが戸の隙間に頬を寄せ、しばらく中を眺めてから、綾瀬が代わった。そのあとで、ふたりはなんともいえない複雑な表情をしている。それは怒りに満ちているようでもあり、悲しみに沈んでいるようでもあった。

不審に思った亮も続いて中を覗き込む。児童たちは給食の時間だった。皆グループごとに机を寄せ合って島をつくり、ワイワイガヤガヤ楽しそうに食事している。笑顔の美雨の姿もあった。その表情はあまりに屈託《くったく》がなくて、鳴物師のゆかりにお絹さまの相談を持ちかけてくるような少女には見えない。

このくらいの年齢の子どもの話題なんて、亮にはまったく想像もつかなかった。みんななに話してるんだろうな？　自分はこんな頃、友達となにを言い合ってたろう？

そんなふうに思ってたら、田舎の木造校舎を思い出し、懐かしさが込み上げて鼻の奥がつんとなった。その時だ、隅にいる女の子に目がいった。教室の中で、彼女だけは、ひとりだけで机に向かっている。

クラスのみんなが大はしゃぎで、笑って、話しながら食べているのに、そこからひとり離れ、彼女は小さくなっておどおどとパンを口に運んでいた。

亮は振り返ってゆかりを見た。

「俺ら、もしかして、いじめの現場を目撃してるってことですかね？」

ゆかりの目には、先ほどと同じく怒りと悲しみに加え、諦めにも似た切なさが浮かんでいた。

7

上履きのキャンバスシューズの嫌な臭いが染みついた場所——それが音無ゆかりの、小学校のイメージだ。この間、お掃除のおばちゃんに変装してモップを手にしていた時にも同じ臭いを嗅いだっけ。

ゆかりにしてみれば、学校なんて退屈でバカバカしい所でしかない。

「美雨と一緒に雑誌の取材を受けてたリナって子なんですが」

ハンドルに肘をつき、組んだ両手の上に顎《あご》を載せた亮が続けた。

「別に写真に写りたくなかったわけじゃないんですよね。カメラマンが〝ひとりずつならどう？〟って言ったら、あっさり応じたんですから。いや、むしろ喜んでって感じだったな。そりゃそうですよね、オシャレな女の子ならプロのカメラマンに写真を撮ってもらいたいはずだし」

「だが、美雨とは一緒に写りたくなかったってことか？」

と綾瀬。

「そうなりますね」

亮は両方の親指の爪を揃え、唇に当てている。

再びジャガーを絹衣第二小の正門脇に停めていた。放課後で、家に帰る子どもたちが外に出てくる。ひとりで帰る子よりも、数人で連れ立って帰る子のほうが多い。

美雨が出てきた。ひとりだった。

「姫、どうしますか？　今度は私がつけましょうか？」

綾瀬が言った。

「あの子がどこに行くかは分かってる」

と、ゆかりは校門に向かって歩く美雨の姿を目で追いながら言った。

美雨がジャガーの横を通り過ぎる。

綾瀬と亮は困惑しているようだったが、ゆかりは黙ったままじっと待った。

十分ほどして、

「亮くん、車をお絹さまの所にやってくれる」

「絹弁天ですか？」

「そ」

学校裏にジャガーを回し、今度は絹弁才天神社の前で停めた。

しばらくすると、女の子がひとり境内の木立の中から姿を現した。

美雨の教室で見た、ひとりきりで給食を食べていた、あの女の子だった。

「おい、亮、あれ」

綾瀬が隣にいる亮の右腕を肘でつつく。

「金井千恵《かないちえ》ですね」

亮が応じる。

「姫、あの子、二か月前に転校してきて、以来クラス中からいじめに遭ってるようなんですよ」

綾瀬が言う。

「〝臭い〟とか〝汚い〟とか言われて、クラス中から仲間外れにされてるらしい。親は学校側にずいぶん相談してるようなんですが、今ひとつ親身になって対処してくれないみたいです。そんなもん、外から俺たちが見てても分かるのに、学校ってとこはまったく腰が重い」

するると亮が、

「田舎から越してきた子みたいですね」

ぽつりと言った。

「ん？」

綾瀬が不思議そうな視線を向ける。

「いや、なんか垢抜けない服装してるから。ほら、この辺の子って、みんなシャレたカッコしてるでしょ。ちょっと浮いちゃってるのかも」

千恵は木綿のワンピースを着ていた。母親の手づくりらしいその服は、確かに素朴ではあったが、ぬくもりが感じられた。

「あの子、ここに引っ越してこなかったら、いじめられずに済んだんだろうな」

地方出身の亮が同情しているのか、もの憂げな表情でぼんやりと言った。

綾瀬も珍しく胸が痛むといった面持ちで、

「なんでも父親の仕事の関係で越してきたらしい」

新しい街、東京に来て、どんな生活が待っているのだろう、ここではどんな出会いがあるのだろうと、千恵は期待に胸を膨らませていたはずだ。ところが待っていた現実は陰惨ないじめだった。ゆかりの中に鈍い怒りが込み上げてきた。

「行こっと」

彼女はそうつぶやくと、ジャガーから外に出た。

綾瀬と亮も慌ててついていった。

「亮くんは、さっきの子のほうをお願い」

「金井千恵ですか？」

ゆかりは頷いた。

「分かりました」

亮が千恵のあとを追う。

ゆかりは境内に入っていった。昼でも暗い社の前に美雨が立っていた。

彼女が驚いたようにこちらを見ている。ニット帽にだぶだぶのパーカーのゆかりが、最初は誰だか分からなかったようだ。

「お絹さまは、今日はなにをくれたの？」

ゆかりは訊いた。

美雨が黙ったまま首を振る。

ゆかりはまた美雨の中の言玉が膨らむのを感じた。

「お絹さまのプレゼントはなに?」

美雨がまた首を振った。

「プレゼントは誰がくれるの?」

美雨が怯えたように身体を強張《こわば》らせている。

「たとえば、あなたが誕生会を開いたとする。そこにプレゼントを持ってやってきてくれるのは誰?」

美雨がなにか言おうとした。けれど言葉が出ない。

〈音聞き〉で、美雨は「プレゼント」という言葉を発しなかった。あの時、「あれは、お絹さまからのあなたへのプレゼントじゃないの?」とゆかりが訊くと、美雨は激しく首を振り、「じゃない!」と応えた。

しかし、本当の鳴らない音は「プレゼント」ではない。鳴らない音は、その向こう側にある。

「プレゼントを持ってきてくれるのは誰?」

ゆかりはもう一度尋ねる。

美雨が震えている。言玉は、今や破裂せんばかりに膨らんでいた。

「友達、よね」

それが、鳴らなかった音。

美雨の手から本がこぼれた。境内の玉砂利の上に落ちたのは一冊のコミックだった。『アンケンサの伝説』第八巻。

美雨の目が横に流れ、気を失って倒れる。それを素早く走り寄って抱きとめたのは綾瀬だった。この大男は、意外に敏捷《びんしょう》なのだ。

社の奥の薄闇でお絹さまがこちらを見つめている。ゆかりはお絹さまを見つめ返した。

8

綾瀬は、オレンジのフレッシュジュースを、意識を取り戻した美雨の前のテーブルに置いた。ホットドッグは、まあ食わねえだろうな。

彼女を抱きかかえてジャガーに乗せ、綾瀬が運転してパン・アメリカンに連れてきていた。見ようによっちゃ誘拐だぜこりゃあ、と綾瀬は周囲を気にしたものだ。

「マスター、〈音消し〉よ」

ゆかりの声がした。

「は、はい！」

綾瀬は返事をすると、嬉々として支度を始める。店のドアに掛かっている『OPEN』のプレートを引っくり返して『CLOSE』にし、ライトで照らされたカウンターの酒棚を暗幕で隠した。すると、パン・アメリカンの中はさらなる薄闇に閉ざされた。

そこにかがり火のような赤いドレスを纏《まと》ったゆかりが現れる。彼女は、光沢を放つ黒塗りの箱を捧げ持っていた。

「龍神の手箱だ！」と綾瀬は心の中で叫んだ。

ゆかりが、額の辺りに捧げていた龍神の手箱を胸の前まで下ろした。

「美雨ちゃん、あなたは千恵ちゃんに言ったのよね、自分だけが本当の友達だって」

目を閉じてゆかりが言う。

「〝友達だから貸して〟と言って、あなたはゲームソフトやコミックやアクセサリーを千恵ちゃんから借りた」

美雨がおずおずと頷いた。表情はまだ虚ろだ。

「そして返さなかった」

また美雨が頷いた。

どこからか、ピチャン、ピチャン、という雨だれの音が聞こえてきた。

ピチャン、ピチャン、ピチャン……

「その後も千恵ちゃんは、いろいろな物をあなたに貸してくれた。返らないことを承知で。なぜなら、あなただけが、自分と口を利いてくれるから」

美雨は下を向いたまま黙っている。

ピチャーン、ピチャーーン……

「あなたは、千恵ちゃんと会う場所を、クラスのみんなに見られない絹弁天にした」

「教室で千恵ちゃんと話してたら、今度はあたしがハブられる」

今度はゆかりが頷いた。

「そうね。だから絹弁天で会っていた。そして、相変わらず千恵ちゃんから、いろいろな物をもらい続けた」

美雨はうつむいている。

雨音が、ザーッと激しく降る音に変わった。

「でも、あなたは、それがいけないことだと分かってた。だけど、続ける必要があった。心と行動がばらばらになったあなたは、自分のもとに届けられる品々を、お絹さまがくれた物だと思い込もうとした」

傍らに控えていた綾瀬は訊いてみた。

「〝続ける必要〟ってなんです？」

ゆかりがそれに応える。

「リナちゃん、よね」

美雨が顔を上げて、

「リナちゃんが〝――じゃんよお〟って。だから……だから、あたし……」

雨音に雷鳴が加わった。

「リナちゃんはなんて言ったの、あなたに？」

「だから〝――じゃんよお〟って……」

「リナちゃんが言った言葉はなに？」

「……」

雷鳴が美雨の言葉をかき消したのではない。彼女が言葉にできなかったのだ。抑圧され、心の奥深くに留まった言葉は冷えた言玉となり、それを声にして発せなくなる。

「千恵ちゃんからもらった物をリナちゃんに渡してたのね」

連鎖だなこりゃあ、と綾瀬は思った。誰かが誰かから搾取《さくしゅ》し、それをまた誰かが搾取する。

美雨がゆかりに救いを求めるように、

「あたし、どうしたらいいの？」

ゆかりが目を閉じたまま龍神の手箱から片手を外し、赤いネイルをした指をパチンと鳴らした。

すると、店の奥のドアが開いて入来亮が現れた。彼は金井千恵を連れていた。

千恵はのっぺらぼうのように表情がなかった。ただ美雨を見つめている。

美雨が目を逸《そ》らす。

「千恵ちゃん、美雨ちゃんはあなたになんて言ったの？」

「〝友達じゃんよお〟って」

千恵がやはり表情のない顔で言った。

美雨は〝友達〟という言葉を聞き、身体が硬直したようだった。

〝友達〟それが彼女の心に巣くった言玉だった。

「美雨ちゃんは、お絹さまの前でだけ〝友達〟って言ってるみたいだけどね」

ゆかりが言葉を足す。

千恵は黙って美雨を見ていた。

この子は引っ越してきて以来、地獄にいるじゃねえか、と綾瀬は思った。こんな俺みてえな男だって、できることなら救ってやりてえと思う。でも、それができねえんだ。大人が横から口を挟んだって、解決しやしねえだろう。一時的には収まるかもしれねえ。けど、そのうちまた始まって、今度はもっと激しくなる。無間地獄なんだ。

ゆかりが胸の前の龍神の手箱のフタを開けた。すると、中から光が放たれ、ゆかりの顔を女優ライトのように下から白く照らした。

演出効果はばっちり、にんまりと綾瀬は微笑む。

「友達って、なんなんだろうね？」

ゆかりが言う。

「一緒にいるとこを見られたくないなんて、そんなの友達って言える？」

それまで黙っていた亮が後ろから千恵の小さな両肩に手を置いた。それはそっと支えるみたいに。

「この子、本屋でマンガを万引きしようとしてたんですよ」

表情のなかった千恵の瞳からみるみる涙が溢れた。

「お小遣いがなかったの。でも、美雨ちゃんが『アン伝』の新刊が読みたいって……」

亮の手を載せたまま肩が激しく震え、泣きじゃくった。

「もおお、やだあああ！」

大声で叫んでいた。

「友達、友達、友達、友達、友だち、ともだち……じゃない！　じゃない！　こんなの友達なんかじゃない！　ないよお‼　あたしの友達のとこに帰りたいよお！　帰りたいよおお！　帰してよおおお‼　こんなの、もお、やだよおおお‼」

その時だ、美雨の身体がびくびくと波打ち始めた。白目を剥《む》き、その口からは、この国のものともつかない言葉が漏れ聞こえている。

久し振りに眼前にする光景に、綾瀬にも緊張が走った。

よく見ると龍神の手箱に照らされたゆかりの頬が火照って朱に染まっていた。額には大粒の汗が浮かび、眉間に苦しげなしわが刻まれている。パン・アメリカンの黒い床の上で赤いパンプスを履いた両足を踏ん張り、相当精神集中しているようだ。いつもぶっきら棒で、とっつきにくいところがある彼女だが、今はそれとはまた違う。鬼気迫るエネルギーを発散していた。

相手の言玉が大きければ大きいほど、ゆかりは気力と体力を消耗する。ましてや、彼女にとって久し振りの〈音消し〉だ。

美雨のお腹のあたりが白く光りはじめていた。その光は胸もとまでせり上がり、徐々に顔に近づいてゆく。

一方で、ゆかりが持つ龍神の手箱が放つ光度もさらに明るさを増したように見える。いや、ゆかり自身がまばゆく発光しているのだ。

「グエッ！」

美雨が、口から形のつかめない、もやもやした煙のようなものを吐き出した。それはやがて、キーンと冷え切った氷のような玉になった。

次の瞬間、ゆかりから凄まじい光の奔流《ほんりゅう》が放たれ、美雨の顔の前に浮かんだ言玉をさらっていった。

ドーーーーン！

光線が再びゆかりの中へ戻った衝撃で、彼女の長い髪が突風に吹かれたようになびき、身体が激しく揺さぶられた。

「と、も、だ、ち……」

震えながら美雨が言っていた。

「……ともだち……友達」

「鳴りました。縁日到来」

ゆかりが目を見開いて言い、パタンと龍神の手箱を閉じた。

姫の力で美雨の言玉が龍神の手箱に封じ込められた、と綾瀬は思い、いいや、とあらためてそれを否定する。言玉をかっさらっていったのは姫の中に潜む龍神なんだ。

ゆかりが、千恵と一緒に泣いている美雨に優しく話しかけた。

「〝友達〟――それが美雨ちゃん、あなたの鳴らなかった音。けれど、あたしにできるのはここまで。乱れていた心の音を整えるだけ。重すぎたり、つらすぎたりして出なかった音を、もとに戻しただけ」

　離れて見守っていた綾瀬は、

「お見事」

　ぽんと手を打った。

「どういうことです？」

　隣に来た亮が訊く。

「美雨の中から言玉を抜き取ったんだよ」

　不思議そうな顔をしている亮に向けて綾瀬は続けた。

「言玉になってた〝友達〟という言葉を、姫が解放したんだ。美雨は、意味を偽って〝友達〟だと千恵に言い続けてた。次第にその言葉が美雨自身を呪縛し、口にできなくさせていた。だが、今の美雨は〝友達〟という言葉の意味を真に理解し、再びそれを声に出して言えたってわけだ」

「それが〈音消し〉ですか？」

　綾瀬が頷いた。

「雑音や鳴りすぎる音を消し、鳴らなかった音を解放する」

　そう言ったあとでふと気がついたように、

「もしかしたら、お絹さまは、美雨の負の心の身代わりになってたのかもしれねえな」

とつぶやいた。

＊

その夜、ゆかりはお絹さまの夢を見た。

社の闇の中で、白い織物がお絹さまの笑みを薄っすらと照らしている。

お絹さまが問いかけてくる。

「あなたの欲しいものはなに？」

ゆかりはひとりベッドで目を覚ます。

――あたしの欲しいものはなに？

枕もとにいるパンコを抱き寄せる。

なんの花かは分からないが、闇の中でよい香りが、龍神スカイタワー最上階のこの部屋まで立ち昇ってきた。

〈音消し〉の時、自分の身体から巨大な白い光の龍が現れるのをはっきりと見た。目を閉じていてもそれが分かった。鬣《たてがみ》のある長い背中が雲をつくように伸び、鎌首をもたげると、鹿のような枝角《えだづの》が突き出た顔がこちらを振り返った。赤い眼《まなこ》がゆかりを捉えると、長い髭《ひげ》のある口を大きく開き、天に向かって高く咆哮した。喉もとで、一枚だけ逆さにはえた逆鱗《げきりん》が鋭くきらめくのまでが、はっきりと見て取れた。龍神の腕が美雨に向かって伸びる。その五本の爪には、言玉がしっかりと鷲づかみにされていた。

あたしはずっとこんなことを続けてゆくのだろうか？　自分の中にいる龍神を天上に帰すために。

9

美雨を大山リナのところに連れて行きたいと言い出したのは亮だった。ふたりを尾行していた亮は、その様子から、ひとつ齢上のリナが美雨にとって憧れの存在であると感じたようだ。美雨の服装はリナを真似《まね》ていた。

しかし、リナのほうでは美雨を友達だなんて思っていなかった。美雨と一緒に写ってる写真が載った雑誌でも出回って、「あんなのと仲よくしてるの？」と言われたくなかったのだろう。齢下の子と付き合うなんてダサいから。いや、ほんとは、同学年の子からは相手にされず、仕方なく下級生と付き合ってる自分の姿がみじめだから。

それでカメラマンの最初の要求を拒んだのだ。

「あれで、人情家なんですよね、亮のやつ」

助手席にいる綾瀬は言った。

ジャガーの運転席に亮はいなかった。

フロントガラスの向こうで、美雨とリナが対峙《たいじ》している。亮は、そこから少し離れたところに立っていた。

「それにしても、金井千恵へのいじめをやめさせる方法ってなあ、やっぱりないもんですかね」

「学校なんてところ、そうまで我慢して通わなくたっていいと思ってる」

後部シートでゆかりが言った。

「学校の先生なんて無関心でなんの役にも立たないじゃない。親だってバカよ。どんなに仕事が大切で転勤してきたのか知らないけど、それって、娘より大事なことなの？　よってたかってなぶり者にされてるのに、先生も止めようともしない。そんなところに娘を毎日送り出しておいて、それで、自殺されてから後悔したって遅いよ。娘が泣いて訴えてるの、前の学校に帰してあげたらいいじゃない。だって、お父さんは家族のために働いてるんでしょ。その家族を苦しませてちゃ、なんのために仕事してるんだか分からないじゃん」

姫は、自分の〈音消し〉で、ひとりの少女をいじめから救うこともできないのを嘆いているのだ、と綾瀬は思った。

「昔ね、俺がまだ小学生の頃です」

そう言ったら、ゆかりが吹き出した。

「マスターの小学生時代？　想像つかなーい」

珍しく大きな口を開けて笑っている。綾瀬は、ゆかりの笑顔を見て心がなごんだ。なんでもいい、姫には笑っていてほしい。

「集団登校の時にね、俺の同級生が下級生をいたぶってたんです。毎日、小突いたり、蹴ったりしてね。俺は、なんとなくそれを放っておいた。いや、見て見ぬ振りっていうのじゃあないんです。俺は、当時から身体がデカくて、一目置かれていた。俺がよせって言えば、すぐにやめたでしょう。だが、俺はやらせておいた。いじめられても仕方のないやつだと思ったんです。どうにも覇気《はき》のないやつでね、家も貧しかった。なんだかそいつは、なにをされても感じないように見えた。事実、殴られても蹴られても、抵抗もしないし、泣きもしなかった」

そこで綾瀬はいったん口を閉ざした。心に苦いものが湧いてきたのだ。だが、最後まで話してしまうことにした。

「ある日、近所の大人が見かねて止めにきた。ひとしきり叱ったあとで、その人が俺に向かって言った〝綾瀬くんが付いてて駄目じゃないか〟って。そこには俺に対する信頼みたいなものが感じられて、イタかった。すると、今度はいじめられてたやつが急に大声で泣き出した。そいつにしてみれば、無抵抗でいるってことが唯一、身を守る術《すべ》だったんですよね。じっと痛みに耐えてるってことが」

黙って聞いていたゆかりが、

「その子も痛かったかもしれないけど、その時にマスターが感じたイタさが、今のマスターを正義の人にしたんだね」

「正義の人？」

「そう。マスターはやっぱり正義の味方だよ」

思い出の苦さの中にいた綾瀬を、幸せの暖流が満たしてゆく。

ゆかりが、離れたところに立つ美雨に向かって、

「あなたにとって、リナちゃんはなに？」

ささやくのを、綾瀬は聞いた。

「と・も・だ・ち」

美雨の唇がそう動いたようだった。

「でも、こんなのいや……」

美雨の瞳からぽろぽろ涙がこぼれ出た。

「リナちゃんと、本当の友達になりたい」

美雨がリナに向かって言った。

10

「リナが美雨から巻き上げたゲームや本を、今度は中学生の女子が奪い取ってました」

亮が言ってジャガーのヘッドライトを消すと、官庁街の外れの裏通りにひっそりとした闇が広がった。

「その子はそれを中古販売屋に売って金にする。そして、その金をまた取り上げてる子がいますね」

「まさに搾取の連鎖だ」

助手席の綾瀬が言うと、亮が頷いた。

「搾取の連鎖は、高校生に及び、それが巡り巡って厄介な連中へと上納される」

綾瀬がフロントガラス越しに古びた三階建ての雑居ビルを見上げた。

「そして、ここがそいつらの溜まり場ってわけだ」

ふたりのそんなやり取りを、ゆかりは後部座席で聞いている。今夜は赤いドレスを着てきた。これから行うことは〈音消し〉のようなものだ。

「ここにいる連中を捻《ひね》り上げたって、千恵へのいじめがなくなるわけじゃない。それに、搾取の元凶《げんきょう》って、ここじゃなくて、もっとほかにあるのかもしれない」

雑居ビルの向こうにライトアップされた国会議事堂が夜空に浮かび上がっていた。こうして見ると、階段状ピラミッド屋根を頂いた建造物は王墓のようでもあった。

「でも、手っ取り早く、あたしたちは、あたしたちのできることをしようと思うの」

「まあ、姫はここで待っててください」

綾瀬がいかつい両手を組み、指の関節をポキポキと鳴らした。

亮が長い髪を後ろでひとつに束ねると、右耳の三連のリングピアスが通り過ぎる車のライトにきらめいた。

「さあて、久し振りにひと暴れといくか。今ならイノシシにでも勝てそうな気がするな」

亮が言うと、綾瀬が不思議そうな顔をした。

「イノシシ？　なんだそらあ？」

「え、まあ……」

「ここの連中、いろいろヤバい武器《えもの》を持ってるんだろうな」

「もしかしてマスター、ビビッてるとか」

「いや、ぞくぞくするほど嬉しいね」

綾瀬が口を歪めるような冷酷な笑みをかすかに浮かべた。

「あたしはただ、なにかが気に入らないだけなの」

ゆかりはそうつぶやくと、ジャガーのドアを押した。

「むしゃくしゃしてる」

そうして闇の中に出ていった。

第二章

メモ魔

1

そのふたりがやってきた時、音無ゆかりはパンコと一緒にキウイフルーツを食べていた。だから、「玄関を入ったら、すぐ左側の部屋で待ってて」とインターホンの画面越しに彼らを招き入れ、再びキウイの残りを食べることにした。パンコとふたりで。

ゆかりは半分に切ったキウイを、小さな金色のスプーンですくって口に運ぶ。時々、それをテーブルの上にいるパンコの口の前にも持ってゆく。パンコの口はベージュがかった毛に覆われていて見えないけれど、すぐその横に、三日月形の縫い目がある。それが笑っているようで、おしゃまなアクセントになっている。

パンコがキウイを食べていることをゆかりは知っている。

「おいしい？」

とゆかりはパンコに話しかけた。

果実の周りの緑色の皮は繊毛《せんもう》に覆われていて、それがゆかりの指をちくちく刺している。

果実の真ん中にある黒いツブツブの種はビタミンEをたっぷりと含んでいた。それは若さを保つ妙薬だった。

十八歳のゆかりは、老いることを極度に警戒した。忌《い》み嫌っていたといってもいい。それは彼女が唯一抱く恐れにも似た感情だった。

「パンコはいいね、いつまでも齢《とし》をとらなくて」

ゆかりはもうひとさじ、キウイをパンコに与えた。

白い壁と床の、窓のない部屋で、その二十代半ばの若い男女は肩を寄せ合って応接ソファに座り、静かに待っていた。ここは、河合美雨に会って以来、〈音聞き〉の間《ま》のようになってしまった。

赤いミニドレスに着替えたゆかりは、真紅の革張りのソファにゆったりと腰を下ろした。

「戸倉聖《とくらたかし》と申します」

男性が丁寧に名乗った。

「彼女は真弓《まゆみ》、僕の妻です」

「そう」

ゆかりは素っ気なく言って、さらに訊いた。

「で、〈音聞き〉をするのはどちら？」

「オトキキ？　ご相談したいのは妻のことです」

そこで、戸倉が促すように隣にいる真弓を見た。しかし、そこにはけっして強いる気配はなくて、そんなところからも彼がいかに妻を愛しているかが伝わってきた。

だが、真弓のほうは、そうした夫の配慮に応えることができない。なにも言わずにただうつむいたままだった。

戸倉は辛抱強く待ったが、やがて、

「アレをお見せするのが早いね」

優しく提案した。

真弓がやっと目を上げて彼を見た。

「大丈夫だよ。きみのことは、僕がちゃんと分かっているんだから」

戸倉が言って、真弓の膝の上で彼女の手をそっと握った。

あらら、ま、勝手にして、とゆかりは思う。

そこで、真弓が遠慮がちにバッグから取り出したのは携帯電話だった。

ゆかりはケイタイを持っていない。そんなもの持っていても誰からも電話なんてかかってこないし、かける相手もいない。綾瀬からまたヘンな仕事を押し付けられるのがせいぜいだ。

そういえば、このふたりはなにを見てここにやってきたんだろう？　また、綾瀬と亮がチラシでもばらまいたんだろうか？

「さあ」

戸倉の声に、ゆかりは現実に引き戻された。

かばうように戸倉が妻の肩を抱いている。

夫に再び優しく促されて、今度は真弓がふたつ折りのケイタイのフラップを開いた。

そうして簡単な操作を行うと、それを白いローテーブルの上に置いた。

戸倉がケイタイを取り上げて、

「ご覧いただけますか」

ゆかりに差し出した。

彼女はしぶしぶそれを手にとって眺める。

ケイタイの付属ツールのメモ帳らしかった。画面に液晶文字で、
03：39漢

０６：０３
０６：１０工
０７：０８開洗
０７：０９掃

記号のようなものが表示されている。

「これって？」

「わたし……一日中自分のしてることをメモし続けているんです」

「ああ～、そういうこと」

ゆかりはため息とも、感心したともつかないような声を出すと、何度か頷いてしまった。

「えーと、こう見ただけだと、すぐに意味が分からないんだけど、この〔０６：０３〕っていうのは？」

「朝六時三分に起きたということです。自分が分かればいいメモなので、起床と就寝は時間だけを書いています」

「じゃ、その前にある〔０３：３９〕っていうのは深夜の三時三十九分に目を覚ましたってことか。でも、この〔漢〕の意味が分からないな……」

「〔漢〕は、漢方薬の意味です。時々飲むお薬で、身体が温まって、こんな時、よく眠れるんです。漢方薬って空腹時によく効きますし。あ、わたし、中国語と中国文化に興味があって」

「へえー、じゃ、この〔０６：１０〕の〔工〕ってなに？」

「中国語で工作《ゴンヅオ》は、仕事という意味です。わたしは、それを家事の意味で当てています。メモは、人に見られてもよいように、中国語を記号化して使っているんです。〔掃〕は掃打《ダーサオ》——掃除の略で、これは作業量が多いので、ほかの家事とは分けています」

「あ、この〔開洗〕て、洗濯を始めたってことでしょ？」

「そうです。〔開〕には始めるの意味がありますから。でも、中国語で記号化しても、やっぱり分かってしまいますね」

「ううん、そんなことない。ちょっと説明されたんで、テキトーに言ってみただけ。でも、ほかにも〔Ｎ〕とか〔報〕、〔玩〕、〔Ｅ〕、〔ＮＴ〕なんていうのがあって、どういう意味なんだろ？」

「〔Ｎ〕はテレビでニュースを観ること。〔報《バオ》〕は新聞を読むことです。〔玩《ワン》〕は遊ぶという意味で、ドラマやバラエティ番組を眺めていたり、ファッション雑誌を開いたりといった楽しいことに充てている時間になります。〔Ｅ〕は英語の勉強、〔ＮＴ〕はネットで、パソコンの前にいることを指します」

「ふえー、で、こういう記号を使って、自分がしてることを、いちいちメモしてるわけ？」

「はい。今はケイタイでしていますが、以前は手帳に書いていました」

真弓がバッグから今度は二冊の手帳を出した。

「二年分です」

2

「この前の話の続きなんですけど」

酒棚を背にして立った入来亮は、目の前に座っている店の主《あるじ》に、

「たしかマスターは、ゆかりさんが龍神の姫だって言ってましたよね」

話を向けられた綾瀬恭一郎が、いつものようにウイスキーグラスに注いだウーロン茶をひと口啜《すす》ると、

「うん、ああ」

上の空の返事をした。彼の目はカウンターの上に置いたノートパソコンの画面を一心に見つめている。

相変わらずパン・アメリカンには彼らがいるだけで、ひとりの客の姿もない。

「そのへんの話を聞かせてもらえませんか？」

綾瀬は渋い表情でウーロン茶をもうひと舐めすると、

「そうだな」

と言ってグラスを置き、ノートパソコンをパタリと閉じた。

「縁日台の仕事を手伝わせている以上、おまえにも話しておく必要があるってもんだな」

亮にしてみれば退屈しのぎに冷やかしで言い出したことだった。だが、綾瀬のほうでたっぷりと語り尽くすつもりになったらしい。しまったと感じたが、もう遅かった。

「縁日台の社《やしろ》があった場所――今姫が住んでる、あの龍神スカイタワーが建ってる土地だわな――あそこは昔、沼だったのよ」

「沼？」

「おおよ。鬱蒼《うっそう》とした木立に囲まれた底なし沼よ。その沼には龍神が棲《す》むと言い伝えられてて、人々は近づこうとしなかった。頃は戦国、乱世の時代だ。沼のある森の外れには農民の集落があってな、ところがその村は、毎年収穫期になると、野武士の襲撃を受けていた。米や作物は根こそぎ奪われた。女たちは陵辱《りょうじょく》され、連れ去られて、はむかう者はなぶり殺しにされた」

「黒澤明『七人の侍』ですね」

亮は茶々を入れる。

しかし綾瀬はまったく取り合わずに、

「その年の秋も、農民たちは野武士の襲来に手をこまねいてただ待つしかなかった。〝これはそんなある朝のことだ、龍神沼の水が干上がってるのを見つけた者がいた。〝これは災厄の前ぶれに違いない〟村中の人間が集まって恐れおののいているところに、黒髪を背中にたらした美しい若武者がひとり現れた。彼は、水の干上がった龍神沼の窪地に砦を築き、野武士と戦うことを村人に向けて説いたんだ。最初は怯えるばかりだった村人たちも、自分らを諭すその若武者の、もの静かな声をいつしか受け入れた。ただ略奪と陵辱を待つことよりも、自らの力で戦うことを選んだんだ」

いつしか亮は、綾瀬の話に引き込まれていた。

オシャレ無精ひげの主人がウーロン茶をちびりと飲んで話を続ける。

「人々は若武者の言葉にしたがって、元は沼だった窪地に脚を組んで台をつくり、その上に櫓《やぐら》のような砦を築いた。やがて、例年どおり野武士が襲来したが、これを見事に撃破。村人たちは、自分らの先頭に立って長い太刀〝龍神の剣《つるぎ》〟を振るって勇敢に戦った若武者を崇《あが》めた。若武者も村人たちの気持ちを受け入れ、沼に建てられた砦に住みついた」

綾瀬がまた褐色の液体を口に含んだ。

「村の娘がひとり、若武者の身の回りの世話をするために砦につかわされた。湯殿で若武者の背中を流そうとした時、娘はそこに鬣《たてがみ》があるのを見た」

タテガミ——亮は自分の顔色が変わるのが分かった。

「なんだ、どうした？」

「いえ」

「龍だよ。龍の鬣だ。若武者は沼の龍神の化身だったってわけさ」

「龍神……」

「ほどなく娘と若武者は愛し合うようになり、夫婦《めおと》となった。ふたりが暮らす窪地に組まれた台の上の砦は、やがて〝縁日台〟と呼ばれる村人たちのよろず相談所になった。若武者は〈音聞き〉という方法によって村人たちの悩みの核心を捉え、〈音消し〉によって問題解決に導いた。悩み事から解放された人々には縁日が訪れる。縁日到来ってわけだ」

亮は、〈音消し〉の最後に、ゆかりが手箱——〝龍神の手箱〟ってマスターが呼んでたな——のフタを閉め、「鳴りました。縁日到来」と言う姿を思い出した。

「若武者は、人々からいつしか鳴物師と呼ばれるようになったんだ。〈音消し〉に笛や太鼓を使い、その姿が能や雅楽《ががく》の囃子方《はやしかた》を連想させたんだな」

「ゆかりさんは、その龍神の化身の末裔《まつえい》である、と」

「そういうこった」

「しかし、なぜ、龍神は人間界に留まったんでしょう?」

「そこよ」

綾瀬が、いよいよ話の核心とばかりに、

「そもそもが、地上で集めた人間の苦悩を天上に運び、浄化させるのが龍神の存在よ。ところが、人間に姿を変えるため、顎の下にあった玉が散ってしまったのさ。それがなけりゃあ、天上には戻れねえ。再び天に向けて飛翔するためには、数多《あまた》の冷えた玉が必要なのさ」

「冷えた玉……ですか?」

「蒸気機関車を走らせるのに、冷えてる石炭をくべるようなもんだと考えりゃあいい」

そんなものかと思いつつ亮は頷いた。

「冷えた玉、言玉は、悩める者の中にある」

「あ、なるほど! そこで、若武者は鳴物師になって、悩み事を解決する代わりに、その言玉をいただこうとしたんですね。そうして以後、鳴物師の末裔として生まれた音無家の人々は、いまだに自分の中にいる龍神を天上に帰すべく、言玉集めに励んでいる、と」

「ま、そんなだな。おまえの言い方は少し癇《かん》に障《さわ》るけどよ」

「戦国時代っていったら、もう五百年以上も前のことですよね……」

一度は綾瀬にぞんざいな言い方をした亮だが、村人たちを救う代償として天上に戻れなくなった龍神、その龍神を帰すべく永々と努める鳴物師のことを思うと、遥かな気持ちになった。

「ところで、マスターの先祖は、さしずめその悩める村人のひとりだったと……そんなところですか？」

「俺の先祖は、あれよ、カエルよ」

「カエル？」

「龍神沼に棲んでたカエルだ。たび重なる野武士の襲来で、村人たちが困ってることを龍神に知らせたのが、誰あろうこのカエルだ。野武士との戦《いくさ》には加わらなかった平和主義者のカエルだが、龍神が村娘と一緒になり縁日台に留まってからは、再びお側《そば》で仕えるべく、自分も人間に姿を変えたってわけさ」

それを聞いて亮は吹き出しそうになった。マスターの先祖が平和主義者……じゃない、ご都合主義のカエルだって、こりゃいいや。

「そんなわけでよ、俺んとこは代々ずっと縁日台に仕えてきた。この土地が江戸と呼ばれるようになり、近くに大名屋敷が建ち並ぶようになっても、縁日台の周りだけは桑畑に囲まれてひっそりとしていた。それは明治維新以降も変わらなかった。ところが、時勢に抗しきれなくなって、先代があの土地を手放した。なにしろ都心の一等地、固定資産税が高すぎるわな。嘆かわしい話よ。んで、長らく仕えてきた俺の家は、多額の報奨金を賜った。その金で、俺はこの店を出したってわけだ」

綾瀬の言うこの店――閑古鳥《かんこどり》が鳴いているパン・アメリカンのドアが開いた。

亮が見やると、だぶだぶのパーカーにカーゴパンツ、ニット帽の音無ゆかりが入ってきた。

3

「なにか飲みますか？」

カウンターのスツールに腰掛けたゆかりに亮が訊いた。黒ずくめの店内で、スツールの腰掛け部分だけが赤く、脚は黒いために宙に浮いているように見える。

「ミネラルウオーター。氷抜きで」

ゆかりに言われ、「はい」と亮が返事をすると、背後の冷蔵庫からボトルを出してクリスタルのグラスに注ぎ、カウンターに置いた。

「ありがと」

ゆかりは大きなパーカーの袖口からやっと覗いている指先でグラスを取り上げ、化粧っ気のない唇に運ぶ。

隣にいる綾瀬が、

「ホットドッグいかがです?」

と訊いた。

「遠慮しとく」

ゆかりの素っ気ない言葉に綾瀬が肩を落とす。

〔ホットドッグ　パン☆アメリカン〕と店頭のすすけたオーニングに大きくうたっているわりには、これを注文する客はめったにいない。ホットドッグだけは主人が手ずからこしらえる、店の名物であると自負しているはずなのに……

亮は、意気消沈しているこの店の主にはお構いなしに、

「ゆかりさんの私服って、ビミョーにサイズ合ってないですよね」

いつも思っていることを口にしてみた。

「私服って、じゃあ、あのマスターのお仕着せの鳴物師ルックが制服ってことになるわけ？」

ゆかりが不満そうに言い、並んで座っている綾瀬がふたつに割れた顎を所在なげにぽりぽりとかいた。

「あたし、着る物って、通販でテキトーに選んで買うの。だいたい服になんて興味ないし」

この娘《コ》は自分がとてつもない美人だってことに気づいてもいないんだな、と亮は思う。

ゆかりが綾瀬のほうに向き直った。

「そんなことより、ねえマスター、なにかした？」

綾瀬も口に運びかけていたグラスを置いて、ゆかりを見る。

「——と、おっしゃいますと？」

「来たのよ、また」

「縁日台に客がですか？」

打って変わって喜色を浮かべ綾瀬が言うと、ゆかりがむくれて頷いた。

「コレだ！　コレの効果がさっそくあったんだ!!」

　綾瀬が興奮して、閉じていたノートパソコンを開いて見せた。

　ゆかりと亮が覗いてみると、それは縁日台のホームページだった。〈〈音聞き〉〈音消し〉で悩み解決！〉という大文字のキャッチフレーズがまず目に飛び込んできた。

　綾瀬が画面をスクロールすると、赤いミニドレス姿のゆかりのアニメーションが現れる。アニメゆかりをクリックすると、持っていた龍神の手箱を閉めて、「ナリマシタ。エンニチトウライ」「ナリマシタ。エンニチトウライ」と電子音が繰り返した。

　呆れて声も出ないゆかりに亮は訊いた。

「まさかその客って、また小学生じゃないでしょうね？」

「若い夫婦よ。とっても仲がいい」

　ゆかりがげんなりした顔で応えた。

＊

　二冊の手帳にも、その日その日の行動記録が、時刻と記号によってびっしりと書き込まれていた。

　ゆかりは、唖然とそれらを眺めていたが、

「でも、別にいいんじゃない」

と言った。

「メモくらいつけてたってかまわないと思うけど」

「でも、こうしている間にもメモをしたくて仕方がないんです」

真弓が必死に訴える。

「どうぞ、メモしてもいいよ。今度はどんな記号を使うの？」

「人に会った時には、相手の名前を書きます」

「へえ、そこだけは記号じゃないんだ」

そう言いながら、ゆかりは真弓の中に冷えた言玉を感じた。

真弓が両手で顔を覆った。

「できれば、こんなことから解放されたい。お願いします。助けてください」

戸倉がまた妻の肩を抱き寄せ、

「分かるよ」

と言い、真弓は夫の胸に頬を埋めるようにした。

ゆかりはそれを見て、やれやれと思う。だが、彼女の中に言玉があるのは確かだ。

ま、仕方ないかという感じで訊いてみる。

「おふたりが結婚したのは？」

「三年前です」

真弓が、夫が庇護《ひご》する腕の中から顔を覗かせて続けた。

「大学時代に知り合って、卒業後、お互いに高校の教員になりました。勤めて二年して結婚したんです」

「真弓さんもまだ先生を続けてるの？」

「二年前に辞めました」

だと思った。ゆかりはテーブルの上の真弓のケイタイを眺めた。自分はケイタイを持っていないが、それが型の古いものであることは分かる。彼女はおそらく、家庭に入ってから新しいケイタイに替えていないのだろう。専業主婦とはそんなものなのかも。

「手帳は二年分。ということは、学校を辞めた頃からか、真弓さんがメモ魔になったのは」

そう言ったら、彼女がくすりと笑った。〝メモ魔〟という言葉がおかしかったらしい。かわいい女性なのだ。それに夫からこんなに愛され、大事にされている。だが、彼女は心に言玉を抱えていた。

「学校を辞めたのはなぜ？」

真弓が一瞬困ったような表情をした。

「そろそろ家庭に落ち着く頃かな、と思いまして」

彼女が応える。言玉が冷たく膨らんでいた。

「メモするのに手帳からケイタイに替えたのは?」

夫に肩を抱かれた真弓が小さくひとつ息をついて、

「半年ほど前、ひとりでバスに乗っていた時のことです。メモ帳を開いたら、後ろの席にいた女子高生たちの忍び笑いが聞こえてきたんです。〝あの人、なにをあんなふうに書いてるんだろうね〟って。いかにも変人扱いされたみたいで、きつく胸に刺さりました。それからは目立たないようにと、ケイタイに替えたんです」

女子高生という音が、ゆかりの耳で響いた。

「はじめて聞く話だね」

そこで戸倉が口を挟んだ。なんでも妻のことが「分かっている」夫としては、意外だったらしい。

「そうだったかしら?」

真弓が小首を傾げた。そうして、再びゆかりに向かって、

「でも、ケイタイに替えてからは、人目を気にすることなくメモができるようになったんですよ」

そう言った彼女は、薄っすらと笑みさえ浮かべていた。

＊

「真弓が勤めていた高校を辞めた理由を知りたいの。協力してくれる？」

ゆかりが言うと、

「もちろんです」

綾瀬が嬉しそうに言った。

「それから、戸倉の周辺に女子高生の姿がちらついてないか」

「しかし、戸倉って、高校教師なんでしょう？」

と亮。

「だったら、周りは女子高生だらけじゃないかな」

「そのうじゃうじゃいる女子高生の中から、二年前までさかのぼって、なにか見つからないか調べてほしいの」

亮はうんざりした。単なるバイトの俺をここまでこき使うなら特別手当をもらわないと割に合わない。

4

出なかった音、むやみに鳴る音――音にはさまざまな種類がある。それを聞くのが〈音聞き〉。女子高生という音が強く鳴ったのは、妻のことをすべて「分かっている」戸倉に、真弓がなにか伝えていないことがあるからだ。

そうして、彼女が綴ったあのメモからは、なにかを訴えようとする声が響いていた。

「この一週間、亮と交替で真弓に張りついてましたが、彼女が姫に提出した新たなメモと行動は一致してるようですよ。スポーツクラブに行ったり、買い物する以外はあまり外出しませんね。もっとも、ベランダで洗濯物を干すのくらいは分かりますが、マンション内の自宅でなにをしてるかまでは分かりませんけどね」

ジャガーの助手席から振り返って綾瀬が言った。

「もう少し続けてみますか?」

と運転席の亮。

「ううん、いい」

ゆかりは言った。

「彼女のメモの内容は、そのまま事実だと思う。あそこに書かれてるのは、二十七歳の女性の、等身大の日常よ」

「妙齢の人妻の二十四時間が赤裸々なまでに綴られていると？　ふふふっ」

綾瀬の苦みばしった横顔が崩れ、またヤラシイ笑みが浮かんだ。

「しかしゆかりさん、普通日記っていうのは、どっかで人に盗み見られるような警戒心が働いて、すべてをさらけ出さないものなんじゃないですかね」

「にもかかわらず、彼女は全部を書いてるってか？」

綾瀬がなにか考えているようだった。そうして、言った。

「もしかして姫、真弓はあの日記を誰かに読ませたくて書いてるんじゃないですかね」

「ピンポン。マスター冴えてるぅ」

ゆかりは立てた人差し指を右に左に動かしながら言う。

「分かった！」

と、今度は亮が、

「あれはなにかの暗号なんだ！　ほら、モールス信号みたいな。真弓はその暗号を使って、自分の日常を伝える振りしてメッセージを送ってるんですよ。メモ帳からケイタイに替えたのもそのためなんじゃないかな。真弓には実は夫以外に愛《いと》しい相手がいて、戸倉はそいつに会わせないように彼女を軟禁状態にしてる。仕方なく真弓は、その男性にそっと暗号で語りかけてるんだ。ツー・トン・トン・トン、ベントラー・ベントラー、ニイタカヤマノボレ、トラ・トラ・トラ、ヤマ・カワ」

「その信号を送ってる愛しい男《ひと》が、これから会おうとしてる横山真吾《よこやましんご》ってわけか?」

と綾瀬。

数日の調査で浮上してきた名前だった。彼女の元同僚。

「会うっていっても、アポなしだもん。向こうが応じてくれるかどうか、分からないけどね」

「そこは姫、断れないような状況をつくりますよ」

綾瀬がひんやりとした笑みを浮かべた。

深紅のジャガー・セダンは荒川の土手上に停車していた。低層階の建物が多い東京下町特有の屋並みの中で、東京スカイツリーの高さがいっそう際立つ。それはあまりにも圧倒的で、どこか終末観さえ漂う風景だった。沈みゆこうとする赤々とした夕陽が、そんな雰囲気をいや増しに際立たせる。

「お、来ましたよ」

亮が言った。

向こうから金色のメタルボタンの付いたネイビー・ブレザーに白いボタンダウン・シャツ、紺地に黄色のレジメンタル・タイという若い男が茶のブリーフケースを提げて歩いてくる。

「うひゃ、ああいう育ちのよさそうな格好って、俺、ダメなんだよなあ」

黒レザーの上下に、サイドゴア・ブーツの亮が言った。右耳で三つの小さなリングが残照の中で揺れている。

横山がジャガーの横を通りかかった時、綾瀬が助手席のドアをすっと開けて歩行を阻止した。

何事かと立ち止まった彼の背後には、運転席を素早く飛び出した亮がいる。

ぬっと降り立った綾瀬の影が、横山をすっぽりと覆った。優雅なカットの、しかし巨大なエナメルの靴が、ブリーフケースと同じ茶のペニー・ローファーを踏み潰さんばかりの位置で地面にめり込んでいる。

「なんですか⁉　う、訴えますよ！」

横山の坊ちゃん顔が半べそになった。

「訴えるって、まだなにもしてねえだろ」

綾瀬が低い声で告げた。

二人は、まるで捕獲した小動物を見下ろすみたいにして横山の前後をふさいでいた。

「ちょっと話が聞きたいだけなんだよ」

綾瀬が今度はあやすようにささやく。けれどその重低音は、ボディブローのように横山のみぞおちで響いているはずだ。

あまり萎縮させては口が重くなってしまう。ゆかりもジャガーを降りた。すると、すがるような視線を自分に投げて寄越す。

「横山先生、あなた、戸倉先生を救ってあげたいと思わない？」

「と、戸倉先生を……？」

横山はぽかんとしていた。

5

依然として身の危険を感じている横山が、ひと気のない場所を嫌がるので、近くにファミレスを見つけて入った。ディナーのピーク時間には少し早い店内の、ボックス席のひとつに彼を取り囲むようにして座る。

「確かに二年前、戸倉先生とは杉並にある都立高校で一緒でした。彼女は英語で、ボクは数学担当」

横山がおずおずと話し始めた。

「ボクが戸倉先生に好意を抱いていたのは事実です。彼女、教科の英語以外にも外国語に堪能で、とても勉強家でした。努力してる人って好きなんです、ボク」

そこで横山は照れて頭をかいた。

「真弓さんは神経質なくらい几帳面な性格だったかな？」

亮が訊く。

「几帳面ですが、神経質というわけではないですね。ちょっと抜けたところもあって、そこがまたかわいかったな。財布にお金を入れないできたことがあって、その時にはボクが三千円貸してあげたんですよ。彼女は〝千円でいい〟って言ったんですけど、帰りに夕飯の買い物もあるだろうからって、ちょっと余計に貸してあげたんです」

彼は真弓の記憶を紐解くうちに、どんどん饒舌《じょうぜつ》になる。

それにしても彼の語る思い出話はひどく幼稚だ。向かいで聞いていて、ゆかりはうんざりした。

「真弓さんには、なにかをいちいちメモるってクセはなかったか？」

さらに亮が尋ねる。

「うーん、学年会や職員会議の時などに必要なことを書きとめていた程度で、ごく普通だと思いますけど」

彼のしゃべりが加速する。

「しっかり者の彼女はボクよりひとつ齢下でしたが、まるで姉のように感じられることもありました。若い教師同士、部活の問題や生徒指導などの分掌《ぶんしょう》も、いろいろと相談し合ったものです。ボクは毎日、彼女に会えることが楽しみで学校に通っていました」

横山が夢見るような表情をしたあとで、

「でも、そんな生活を壊してしまったのは、あろうことかボク自身なんです。ボクは自分の気持ちが抑えられなくて、ついに想いを彼女に伝えてしまった」

すると、彼の隣に座っていた亮が、

「〝伝えてしまった〟って、真弓さんが当時すでに結婚していたことは、あんた知ってたんだろ?」

横山がうつむいた。

「ええ」

「あんたはどういうつもりで、なにを真弓さんに言ったんだ?」

亮がさらにたたみかけた。その口振りからして、彼は意外に保守的、というか一本気のようだ。

「〝好きです〟って。ただ、それだけを伝えました」

今度は亮の向かい側で大柄な身体を窮屈そうにボックス席に押し込んでいた綾瀬が訊いた。

「そう言われて、真弓は……いや、真弓さんは、なんて応えたんだ？」

綾瀬が持っているとファミレスのコーヒーカップが、ままごとで使うミニチュアのように見える。酒がダメなぶん甘党で、コーヒーには砂糖がしこたま入っていた。

「固まったようになって、黙っていました」

「あたりまえだろ！」

亮が声を荒らげた。

「あんたがそんな身勝手な告白をしたせいで、真弓さんは学校にいづらくなって、辞めることになったんだぞ！」

「今はボクも転勤して、こうして下町の高校に通っています。どうせ好きだと伝えるなら、どちらかが異動する直前に伝えればよかった。そうしたら、もっと長く彼女と一緒の日々を過ごすことができたのに……」

「まるで子どもね」

ゆかりは目の前にいる男に向かって言い放った。

横山が顔を上げる。

「べつに彼女の結婚生活を壊そうと思って、好意を伝えたわけじゃないんですよ。報われないと分かっていても、気持ちを伝えないではいられなかったんです」

「だから子どもだっていうの。もしも真弓さんが振り向いたとしても、あなたにはそれを受け入れる準備も覚悟もなかったくせして」

横山の顔色が変わった。

「な、なにを言うんだ！　きみになにが分かる！　見れば、ボクの生徒くらいの年齢じゃないか!!」

綾瀬が腕を伸ばし、きれいに結ばれた横山のレジメンタル・タイを引っ張った。彫りの深い石像のような顔にくっ付かんばかりに引き寄せられ、横山は完全にべそをかいていた。

「齢だけくったって、ガキはガキだってんだよ」

綾瀬の声は地の底から響いてくるようだった。

「さ、行こっか」

ゆかりは立ち上がった。

「真弓さんが学校を辞めたほんとのところは、だいたい分かった」

亮もテーブルの上のファミレスの伝票を取ると、自分のあとに続く。

綾瀬がネクタイを放すと、横山は少し咳き込んで、

「……あ、あの、戸倉先生を救うっていうのは？」

ゆかりは彼を見て言った。

「それはあたしたちがする。あんたには無理だから」

自分の言葉に呼応するように、綾瀬が大きく両腕を広げた。

6

「高垣奈々《たかがきなな》さん？」

声をかけると、すぐ前を歩いていたカップルの女のほうがさっと振り向き、続いて男も振り返った。

彼らは七時過ぎに上映を終えた映画館から出て、これから食事でもするつもりでいたのか、金曜の夜の渋谷の人混みを歩いていた。

「あたし、ゆかり。覚えてる？　クラスは違ってたけど、高校が一緒だった」

奈々がいかにも不審げにこちらを見ている。

「この間、戸倉先生に会ってね。ほら、戸倉聖先生」

そう言ったら、道玄坂のネオンサインに照らされた奈々の表情が明らかに変化した。

「ねえ、タツヤ、先に行っててくれる」

彼女は連れの男子に言った。

タツヤと呼ばれたカレはなかなかイケメンだ。奈々に向かって頷くと、ゆかりにも軽く会釈して、ゆっくりと歩き出した。へえ、礼儀正しいんだね、とゆかりは少し感心する。

「あんた、誰？　同じ高校にいたなんて嘘でしょ」

「戸倉先生に会ったっていうのは本当」

ゆかりは言った。

「奈々さん、戸倉先生の力になってあげるつもりない？」

「どういうこと？」

「あなた、高校時代に戸倉先生に熱を上げてたよね？」

奈々の表情がちょっと曇った。彼女は戸倉のことを調べるうちに浮かんできた元教え子だ。

「もう二年も前の話。それにぜんぜん相手にされなかったんだから。子ども扱いされるばっかりでさ」

「でも、あなたは本気だった」

「だから、昔の話だってば」

　奈々がいらいらしたように言葉を吐いた。

　ゆかりは彼女の顔から視線を外し、道行く人々を眺めた。そんな中タツヤが立ち止まって、奈々が追いつくのを待っているのが見えた。

「カッコいいカレ氏さんだね」

「そんなんじゃないよ、大学の友達」

　奈々がぶっきら棒に応える。

「あ、でも、付き合ってるみたいなもんかな」

　彼女が振り返って店の明かりに照らされた華やかな舗道の先を眺め、軽く手を上げた。タツヤも〝ダイジョウブ〟といった感じで合図を返す。

「戸倉先生とのことで、ちょっと訊きたいだけなの」

　奈々が再びゆかりの顔に視線を戻す。

「話すような大したことなんて、なにもないんだから」

　そっぽを向いた。

「戸倉先生の奥さんに会ってるよね？」

「あの頃のことは、なしにしたいの」

「それはそうかもね、あんなに素敵なカレ氏さんがいるんだもん」

奈々が抑えても湧き上がってくる笑みを浮かべた。

「カレ氏さんの耳に入るようなことはないから」

「脅す気？」

「そんなんじゃない」

ゆかりは真っ直ぐに奈々を見た。

「絶対あなたには迷惑かけない」

彼女がため息をついた。

「バカなことしちゃったんだ。戸倉先生の奥さんが先生してる学校の前で待ちぶせして、〝先生とエッチした〟って言ったの」

奈々が小さく首を振った。

「ほんと、子どもよね。でも、本気だったから、どうしようもなくて……」

ゆかりは黙ったまま待った。

「だけど、戸倉先生の奥さん、少しも動揺しなかった。きっと信じてたのね」

奈々がきびすを返すと、タツヤのほうに向かって駆けていった。

ゆかりは雑踏の中にひとり取り残された。ここは、自分が思い惑う世界とはあまりにかけ離れている。きらびやかで、活気に満ち、みんな生きることを楽しんでいた。

パーカーのカンガルー・ポケットから手を引き出すと、パンコがいた。

「あたしはなにやってるんだろうね？」

そっとつぶやいた。

7

壁、床、天井、すべてが漆黒に塗り込められ、ソファとカウンターのスツールだけが赤く浮かび上がった空間で、戸倉夫妻は所在なげにたたずんでいた。相変わらず、夫が庇護《ひご》するように妻の肩を抱いている。

「マスター、亮くん、〈音消し〉よ」

ゆかりの声を合図に、はりきった綾瀬がドアの外のプレートを『ＣＬＯＳＥ』に引っくり返しに出ていった。亮はライトアップしたカウンターの酒棚を暗幕で閉ざす。

さらに濃い闇の降りた店内に、龍神の手箱を捧げ持った鳴物師ゆかりがするすると入ってきた。赤いドレスが燃えるようだった。

「横山真吾に会ったよ」

漆《うるし》のような艶のある龍神の手箱を胸元まで下げ、目を閉じたままでゆかりが言った。

戸倉と真弓が驚いたような表情をした。

「真弓さん、あなたが勤めていた高校を辞めたのはなぜ？」

すると応えたのは夫の戸倉のほうだった。

「だったら知ってるんでしょ、その横山先生に妻が好意を持たれ、仕事がしづらくなったからですよ」

戸倉が、分かっている、といった表情で妻を抱き寄せた。

「本当にそうかしら？」

「なにを言っているんですか」

ゆかりは目を閉じたままなおも言う。

「同僚教師に好意を持たれた――それだけで一生懸命していた仕事を辞めてしまうもの？」

「〝好きだ〟って告白してきたんですよ。結婚してる女性に対してですよ。僕の妻に対してだ！　どうかしてるよ！　そんな相手がいる職場になんて置いておけますか!!」

「そう思ったのは戸倉さん、あなただよね」

するとと少し慌てたように、

「真弓だって、妻だって同じ気持ちだったはずだ。彼女はね、神経質で優しい女性なんですよ。きっと、その横山先生のことだって気にかけたはずだ。自分がこのまま学校に残り、毎日顔を合わせ続ければ彼も苦しむはずだ。だから自分がこの場から去ろう、そう決心したんだ。なんだって分かってるんですよ僕には、妻のことがね」

　真弓が戸倉の腕の中で頷いている。

　ピチャン、ピチャン、ピチャン……

　どこからか雨の音が聞こえてきた。

　亮は小声で、

「この音響効果って必要なんですか？」

　綾瀬のニヒルな口もとが緩んだ。

「演出よ、演出」

　上機嫌で応える。

　ピチャーン、ピチャーン、ピチャーン……

「真弓さんは高垣奈々って娘《コ》、知ってるよね？　あなたが会った時、彼女はまだ高校生だったし、あなたも教師だった」

　戸倉が、

「どういうこと？」

　肩を抱いている真弓を見た。彼は泡を喰っていた。妻のことはすべて分かっているはずの自分に知らないことがあったから。

「高垣に会ったの？」

そう妻に訊く。戸倉は自分の生徒らしく奈々を姓で呼んでいた。

真弓が頷く。

ゆかりが龍神の手箱のフタを開いた。眩い白い光が彼女の顔を下から照らす。

再び亮は、

「あの箱もマスターのお手製ですか？」

そうささやいた。

「いいだろ、あれ。姫の美しさがいっそう引き立つってもんだ」

「手箱の中には、いったいなにが入ってるんです？」

「パンコだよ」

亮はズッコケそうになった。

「パンコって、ゆかりさんが持ってるあのぬいぐるみのクマですか⁉」

綾瀬がむふむふ顔で頷いている。

雨の音が、ザーッと激しくなった。

「高垣がなにか言ってきたの？」

戸倉が妻に優しく問いかける。

「あなたと関係を持ったって」

　真弓が言うと、

「そんなバカな！」

　戸倉が激昂《げっこう》した。

　背後で雷鳴が轟く。

「きみは高垣の言葉を鵜呑《うの》みにしたのか⁉」

「いいえ」

　真弓が激しく首を振った。

「だったら、なぜ、僕に言わなかったんだ？」

「それは……それは……」

「真弓、なんだ？　言ってくれ！」

　真弓は唇を震わせ、ただ首を振り続けた。

「分かってる——そう言うよね、戸倉さん。妻のことはみんな分かってるって」

　ゆかりが言った。

「あなたは守ってるつもりで真弓さんの肩を抱き、きみのことは分かってるって言う」

　戸倉が驚いたようにゆかりを見た。

「真弓さん、あなたのほうは、戸倉さんに守られている気になって、夫の腕の中にいる」

彼女は両手で顔を覆っていた。

「けれど、あなたが書き綴ったあのメモはなに？」

再び真弓が激しく首を振り始めた。

「あそこで、あなたは叫んでいる。戸倉さんに向けて叫んでる」

戸倉の腕を真弓が飛び出した。

ゆかりの中から太い光のビームが伸び、それが高速で走ると、真弓の身体を貫通した。真弓が痙攣《けいれん》したようにのたうつ。光は再びものすごい速さでゆかりに戻り、激しい力で彼女自身をも強く揺さぶった。

亮は呆気にとられていた。

「今のもマスターの演出なんですか？」

「違う」

と綾瀬が応えた。

「龍神が、真弓の中の言玉を持っていったんだ」

亮には今見たことが信じられなかった。

真弓が肩を震わせながら夫に面と向かって立っていた。

「信じて……信じて……信じて……」

切れ切れに繰り返した。やがて、その声はだんだんと大きくなり、

「信じて！　信じて‼　私を信じて‼」

叫びに近くなった。

ゆかりが目を開けると、

「鳴りました。縁日到来」

龍神の手箱をパタンと閉じた。

「それが真弓さん、あなたの鳴らなかった音」

今度は戸倉に向かって、

「真弓さんが奈々との一件を伝えなかったのは、戸倉さん、なによりあなたを信じているからじゃない」

そっと語りかけた。

「奈々に会ったの。彼女も言ってたよ、自分が伝えたことについて、〝戸倉先生の奥さん、少しも動揺しなかった〟って。〝きっと信じてたのね〟って。でも戸倉さん、あなたのほうはどうだった？　横山のことがあった時、あなたは真弓さんに〝分かってる〟と言いながら、信じてはいなかった。逆に、結婚して一年ほどの自分の妻が、ほかの男性から好意を持たれたことに、彼女の隙《すき》のようなものを感じて責める気持ち

が湧いたんじゃない？　それで学校を辞めるように提案した。普段どおりソフトに、その実、有無を言わせず〝きみのことは分かっているのだから〟と。あなたは真弓さんを守ってるんじゃない、支配してるの」

戸倉は今にも崩れそうだった。

「真弓さんのほうはどう？　戸倉さんにすっかり守られてるはずなのに、〝分かってる〟って言われるたび、まるで上から目線で許されてるみたいだった。なんで、私はこんなふうに夫から許されなければならないんだろう——そう感じてたんじゃない？」

真弓はすすり泣いている。

「あのメモはね、真弓さんの〝信じて！〟という叫びだったの。自分の行動には、疑われるようなところはなにもない。こんなふうに自分の一日は、隙間なく埋め尽くされてる。おまけに行動を記号化してるのに、誰と会ったかはすぐに分かるように、名前を書いた。真弓さんは、メモすることで戸倉さんに伝えたかったの、自分を信じてって」

戸倉が真弓の前に立ち、そっと手を取った。「分かってる」と言いながらいつも隣で肩を抱き、肩を抱かれていただけのふたりが、今は正面から向き合いしっかりと見つめ合っていた。

「ごめん」

戸倉が妻に言った。

「信じてるよ、心から」

その様子を店の隅から眺めていた綾瀬が亮に言う。

「請求しねえとな、〈音聞き〉と〈音消し〉の料金」

「取るんですか、カネ?」

「あたりまえだろ。小学生の美雨からは取れなかったけどな。そうだ、そのぶんも乗っけてやるか。俺たちの経費もあるし、それにこの店の貸し切り料もな」

「アコギだなあ」

「授業料だよ。あの教員夫婦にとってのな」

「んなら、俺のボーナスも頼みますよ」

8

タンクトップにスウェットパンツのゆかりは、自分のベッドにパンコと一緒に寝転んでいた。

あたしにできるのはあそこまで。乱れていた心の音を整えるだけ。言玉を取り除いて、鳴らなかった音を元に戻しただけ。あとは戸倉夫妻の問題だ。

「あのふたり、どうなるのかね」

ゆかりはパンコに言う。

鳴物師ってなんなんだろう？　なぜ、あたしは、鳴物師として生まれてきたんだろう？

でも、これだけは言える。あたしが、こんなことを続けていようと、どうしようと、いずれ自分の中に流れる血は、暗黒の世界に囚《とら》われてしまうだろう。あの父のように。

だから齢を取りたくない。

第三章

シンガーソングライター　小鳩アイ

1

「この間の戸倉夫妻の〈音消し〉の時、マスターは、龍神の手箱に入ってるのがパンコだって言ってましたよね」

「ああ言ったよ」

バーカウンターでウーロン茶入りのウイスキーグラスを傾けつつ、綾瀬恭一郎がゆっくりと応えた。

「なんでまた、そんな仕掛けになってるんです？」

入来亮のさらなる問いかけに、今度はその動きが一瞬止まった。

「そりゃあ、あれよ、パンコは、姫にとって特別な存在だからな」

「トクベツって、あのクマが？」

相変わらずパン・アメリカンの店内には、バーテンダーの自分とこの店の主《あるじ》の姿しかない。

「そうだ」

と綾瀬が感慨深げな表情をして、

「姫は、あのパンコとしか話さなかった時期があったんだ」

「ぬいぐるみと話すんですか？」

「それはな……」

と、開きかけた口を綾瀬が閉じた。

「ともかく、今の姫は、パンコがいなけりゃ〈音消し〉ができないと思い込んでる。だから、ああして龍神の手箱なんて苦肉の策をとったってわけだ。本当ならな、パンコどころか、手箱のフタを開けたり閉めたりなんて儀式めいた作法も必要ない。なにしろ姫には絶対的な能力があるんだからな」

その時だった、珍しくもパン・アメリカンに客が入ってきた。黒いパンツスーツにショートカットのかちっとした美人だった。彼女は、漆黒に赤い椅子だけが浮かび上がった空間を興味深げに眺めたあとは、迷いのない足取りで店内を横切り、カウンターの綾瀬の隣に座った。

「久し振りね、キョウちゃん」

女が真っ直ぐ前を向いたままで言った。

——キョウちゃんだって⁉

亮は驚愕《きょうがく》し、そう呼ばれてほんのりと頬を染めている綾瀬の表情を見て、込み上げてくる笑いを必死に堪《こら》えた。そうして、満々と好奇心をみなぎらせつつ、

「なににしましょう？」

ひとまず注文を訊くことにする。

「そうね」

と女が言い、綾瀬のグラスをきれいにネイルした指でさして、

「同じものちょうだい」

「あ、それ、ウー……」

……ロン茶ですけど、と言おうとした亮は、その眼光だけで灼《や》かれそうな綾瀬の視線にぎくりとして、

「ウー……ウーンと、スコッチのシングル・モルトですが、よろしいですか？」

「けっこうよ。ダブルで」

亮は女の前にウイスキー入りのウイスキーグラスを置いた。

「ホットドッグ食わないか？」

綾瀬が女に訊く。

「お腹空いてないの」

あっさりとそう断られ、彼の目が哀しげに潤んでいた。

女が細《ほ》っそりとした指でグラスを取り上げると、赤いルージュを引いた唇に運び、ひと口飲んだ。グラスのフチに口紅の跡が残らなかった。巧みな飲み方だ。

綾瀬は女を見ることなく、ウーロン茶を啜っている。

女が彼のほうに身体を向けると、息苦しいような表情で、

「キョウちゃんのことを思い出したの。そしたら、いても立ってもいられなくなったの」

そう訴えた。

綾瀬の頬が再びバラ色になる。

「それで、こうしてやってきたの」

女はじっと綾瀬の横顔を見つめている。

綾瀬の顔はもはや紅潮というよりも沸騰したように赤くなっていた。

「あなたしか助けてくれる人はいないって、そう思った」

今度は綾瀬の顔から赤みがスーッと引いていき、眉間に深いしわが刻まれた。

「なにがあったんだ、ユキ⁉　おまえを危険にさらす相手がいるのか⁉」

「小鳩《こばと》アイって知ってる？」

「そいつか、おまえの敵は⁉」

そこで亮はカウンターから身を乗り出し、

「小鳩アイって、今売り出し中のアーティストじゃないですか」

そう言ってから、「ねえ」と相づちを求めるようにユキと呼ばれた女を見る。

「ええ」

彼女が頷いた。

「わたし、小鳩アイのマネージャーなの」

女は島津由紀《しまづゆき》。綾瀬とは高校時代のクラスメートだという。まあ、男子生徒らのアイドル的存在だったのだろう。今でもかつての名残が感じられる。

「本当のアイドルを目指してもみたんだけどね、夢叶わず、こうしてアイドルのマネージャー業で芸能界の片隅にかじりついてるってワケ」

由紀が〔パン☆アメリカン〕とロゴの入ったコースターの上でグラスをくるくる回しながら、自嘲混じりの笑みを浮かべた。

綾瀬は黙って彼女の手もとを見つめている。

ふたりの間には久し振りに再会した男女の、懐かしさと切なさの入り交じった空気があった。

「ここがよく分かったな」

綾瀬が言う。

「あら、毎年、年賀状くれるじゃない。今年は、お店の前に立ってるキョウちゃんの写真だった」

――ぷっ、マスターって、年賀状なんて出してるんだ。しかも自分の写真入りで。

亮は肩を震わせながら、酒瓶を磨く振りをして、ふたりに背中を向けていた。

「あの頃、キョウちゃん〝自分の家は、よろず相談に応じる不思議な力を持った鳴物師に仕えてる〟って言ってたよね。わたし、それを思い出したの」

「助けがいるのか？」

綾瀬の問いかけに、由紀が頷く。

「助けてほしいのはわたしじゃない。アイ――小鳩アイよ。アイは、歌うことができなくなってしまったの」

酒棚に向いていた亮は思わずカウンターのほうを振り返った。

「それって、『想い』が歌えなくなったって、ことですか？」

由紀が再び頷いた。

2

首都高を走るジャガーの助手席で、綾瀬はカーステレオから流れてくるポップスを聴くともなく聴いていた。

「いい曲ですよね」

ハンドルを握りながら亮が言う。

「そんなもんかね」

と言いつつ、綾瀬は後部座席にいる音無ゆかりの表情を、バックミラー越しにちらちらうかがう。

ゆかりは、赤いビニールのレインコートを着ていた。

小鳩アイの『想い』は、拙いけれど不思議と心に沁み入る歌詞と、単調だけれど耳に残るメロディからなる、九分五十三秒の長い曲だった。アイ自らが弾くアコースティック・ギターが曲の伴奏の大半を占めるが、後半になってオーケストラが加わる。

ゆかりが、この楽曲についてどのような感想を抱いているか、その表情からはうかがえない。でも、姫だって年頃の女の子だ、同年代のシンガーが切々と歌うこの種の曲に感情移入しないはずはないだろう、と綾瀬は思う。いや、そうであってほしい。

――なにより姫は、鳴物師である前に、若い娘なんだからよ。

詞の内容は、同性とも異性ともとれる相手に向かって、自分の現在の気持ちを素直に伝えている。どうやら、ふたりはケンカ別れしているようにもとれる。相手を「きみ」と呼んでいるが、それが微妙にかすれるところに哀切さがあるようだった。

「俺には分からねえけどよ」

そう声に出して綾瀬はつぶやいていた。

「どうしました？」

と亮。

「なんでもね」

ぶっきら棒に言ったら、バックミラーの中でゆかりがほんのちょっぴり微笑んだようだった。

綾瀬は、いつだって彼女の笑顔を見るのが好きだ。微笑むと、母親によく似ていた。

そう、彼女の母のしをりに。

日没寸前のマジックアワー、真紅のジャガーは金色に包まれた都会を走り、ドーム球場や遊園地、ホテルなどの施設が建ち並ぶレジャー地区の一角にある小石川ホールの地下駐車場へとすべり込んでいった。

ゆかりを先頭に三人が楽屋口から館内に入ると、忙《せわ》しげに通路を行き交うテレビ局やホールのスタッフらが、彼女に向けて挨拶する。

「ゆかりさんのことをアイドル歌手かなんかだと思ってるみたいですね。いかにもなルックスだもんな」

亮がどこか誇らしげに言う。

「さしずめ、俺たちは付き人ってとこか」

綾瀬が言うと、

「実際、そんなとこじゃないですか」

自分もアイドルで通用しそうな亮が、さらりとそう返してきた。

リハーサルスタジオの頑丈そうな扉の前で、腕を組んだ島津由紀が立っていた。

綾瀬は由紀に、

「こちらが姫……いや、鳴物師の」

「音無ゆかり」

綾瀬が言い終わる前に自ら名乗った、ぴかぴかした赤いレインコート姿の若い娘を、由紀が拍子抜けしたような表情で眺める。

「小鳩アイのマネージャーの島津です」

気をとり直したようにそう告げた。どうやら、ここはもう彼女に頼るよりほかないのだと覚悟したようだ。

「アイが歌えなくなったのは、二週間ほど前からです。初めは体調が悪いのかと思って無理させませんでした。スタジオ収録ならなんとかなります。顔見せだけで、あとはプライベート映像でも流して曲を乗せればなんとかなります。CM撮りにも支障ありません。この間《かん》、コンサートスケジュールがなかったのが奇跡みたい」

ゆかりに向かって矢継ぎ早に話していた由紀が天を仰いだ。

「最初に気がついたのはレッスンの時です。あの子に『想い』を歌うように指示したら、歌詞を忘れたっていうんです。ギターも弾けないって。悪い冗談だと思ったら、発声練習にも応じるし、ほかの曲なら歌うことができる。もちろんギター演奏もできました」

「でも、『想い』だけが歌えない――」

今度はゆかりが確かめるように言う。

「ええ」

由紀がうつむき、再び顔を上げた。

「今夜はライブ中継ではありませんが、公開収録です。一般の観衆がいる中で『想い』を歌わなければなりません。もしも本番で歌えなかったら……」

　彼女が首を振った。

「断れなかったのか、この収録は？」

　綾瀬は由紀に訊いてみた。

　彼女が自暴自棄ともとれるような笑みを浮かべた。

「ショック療法みたいな効果を考えてみたの。もしかしたら、大勢のギャラリーの前でなら歌えるんじゃないかって」

　そこで由紀が綾瀬を見た。

「無茶だってことくらい分かってる。でも、このことがあってから大きな仕事を幾つも断ってるの。いつまでも仕事をしないでいることは、歌えないことと同じくシンガーソングライター小鳩アイの死を意味するのよ」

　由紀は決意を秘めた目で、綾瀬を見、ゆかりを見た。

「今夜の結果がどうなるにせよ、私はどこまでもアイに付き合うつもりだし、あの子を守ってみせる」

「アイさんはこの中？」

　ゆかりが訊き、由紀が、

「ひとりでいます」

と応えた。

ゆかりが赤いレインコートを脱ぐと、それよりももっと赤い燃えるような鳴物師の衣装のドレスが現れた。

綾瀬はレインコートを受け取る。

「〈音聞き〉ですね、姫」

ゆかりが無言で頷く。

由紀が重い防音扉を引き、

「どうぞ」

中へと誘《いざな》った。

ゆかり、綾瀬、亮、最後に由紀が入ると、再び扉を閉めた。

3

薄暗いリハーサルスタジオの中央で、そこだけがスポットライトを浴びたように胸に大きなリボンのある白いミニドレスにポニーテールの小鳩アイが立っていた。白いエナメルのパンプスを履いている。

赤いドレスのゆかりがアイと対峙《たいじ》した。

周囲の壁は全面鏡張りになっていて、白と赤の服を身につけたふたりの若い娘が向き合う姿を四方から映していた。

「アイドル対決ってとこですね」

そう亮がささやくのを、

「しっ、黙ってろ」

と綾瀬は低く制した。が、実のところ自分も似たようなことを考えていた。このふたりは似ている。齢格好《としかっこう》や冷たい水のような美貌ばかりではない。ともになにかに呪縛されているところまでそっくりだ。

「こちらが話していた鳴物師の方よ」

由紀がアイに言った。

「誰がこんなこと頼んだ？　歌えないことで、あたしはなんにも困ってない」

アイが鋭い視線を由紀に向けた。

「大学病院で精密検査を受けることも考えたんだから」

「気が変になったって言いたいわけ？　それで、こんなインチキ呪《まじな》い師を連れてきたんだ」

「アイ、失礼よ」

今度は皮肉な笑みを浮かべてゆかりを見た。

「なあに、そのカッコ？　とんだ田舎芝居」

「歌えないことで、自分はなんにも困らないって言ったよね？」

ゆかりがアイに言った。

「本当にそう？」

アイの瞳が、一瞬ひるんだように揺れた。だが、すぐそのあとで、

「どいて！」

アイがゆかりの肩を突き飛ばした。

すぐさま亮がふたりの間に入る。

「なによお」

アイが下から亮を睨《ね》め上げた。

「アイ、ゆかりさんに謝りなさい！」

小鳩アイは由紀の言葉を無視して、

「田舎芝居みたいなカッコは、あたしも一緒か。あはははっ」

甲高い声で笑いながらスタジオを出ていった。

「怖《こ》えー、あの小鳩アイから眼《ガン》飛ばされたあー。ビビッたあー」

と亮。

「すみませんでした」

由紀がゆかりに詫びると、

「すっかり我がままになってしまって。絶対に自分の非を認めないし、けっして謝ろうとしないんです。デビューした頃はあんなじゃなかったのに。曲がヒットした途端、人が変わったようになってしまって」

お手上げといった感じで、そこにいる三人の誰に向けてでもなく言った。

4

小石川ホールは、大ホールと小ホールからなる。小ホールでは、日曜夕方に放送されている国民的演芸番組『笑々《しょうしょう》』の二週分の収録が行われていた。

ちなみにパン・アメリカンは日曜休業で、亮は自分のアパートで、手製のつまみを肴に缶ビールを飲みながら『笑々』を観るのを無上の悦びにしている。

『歌のヒットショー』の公開収録が行われる大ホールは、インターネット、ファクス、ハガキによる観覧希望の当選者で満員だった。ＣＭ込みで、五十分ほどの番組だが、収録には数時間を要する。タレントのスケジュールによって実際の放送と登場順が前後したり、長いインターバルがあったりするが、文句を言う客はいない。無料だということもあるが、みな自分のひいきのスターの姿をひと目見られるだけで充分満足なのだ。そんな従順な客たちに交じって、ゆかりたち三人は観覧席に座っていた。マネージャーの由紀はアイについている。

いよいよ小鳩アイの登場である。

アシスタントディレクターが、構成台本を持った右手を頭上で大きく回すと、ホール中に波のような拍手が湧き起こった。

擂《す》り鉢の底のようなところにある特設ステージで、ＣＧ合成用のグリーンバックを背にして立った小鳩アイには、先ほどのよく吠え立てる噛みつき犬のような気配はなかった。『想い』という曲のイメージそのままに、清純で、可憐で、哀しげだった。白いミニドレス姿でアコースティック・ギターを抱えさせるのは、アンバランスで痛ましくさえあった。

息を呑んで亮はステージに注目していた。隣でゆかりも、その向こうで綾瀬もアイに視線を送っている。

亮は自らの緊張を和らげるように、

「しかし、あのフリフリの衣装――島津さんとマスターって趣味が合ってるのかも」

そう軽口を叩いてみたが、ふたりにスルーされてしまった。

アイはギターを抱いたまま微動だにしない。その表情は怯えているようにも見えた。いや、実際に怯えているのかもしれなかった。

亮は再びゆかりと綾瀬を見やった。ゆかりは無表情なままだったが、綾瀬はいつになく不安げな顔をしている。

こんな綾瀬を、亮は初めて見た。きっとアイではなく由紀の身を案じているのだろう。

なかなか歌おうとしないアイに、客席がざわつき始めた。

その時だ、ギターの音色が聞こえた。

はっとしてステージに目をやると、小鳩アイがギターを奏でている。やがて、『想い』を歌い始めた。

「よかったですね」

ほっとして亮がふたりに声をかけると、

「彼女、歌ってない」

ゆかりが言った。

三人が控え室に行くと、アイが由紀に喰ってかかっていた。

「なんであんなことしたのよ⁉」

「あなたを守るためじゃないの」

由紀が言う。

「守りたかったのは自分の身でしょ！」

「アイ……」

「音を流してリップシンクさせるなんて！　あんなふうに恥をかかされるくらいなら、歌えなかったほうがましよ‼」

アイがギターを取り上げると、ドレッサーの鏡に激しく叩きつけた。

ガッシャアーーン‼

亮はとっさにゆかりを抱きしめると、飛び散った鏡の破片を自分の背中で浴びた。

「アイ‼」

由紀の鋭い声がする。

亮が身を起こすと、レザージャケットの背をパラパラと鏡片がすべり落ちた。細かい破片が入ったのか、首筋がチクチクする。

亮は間近にゆかりの顔があることに気がついて、どきりとした。

ゆかりがこれまで見せたことのない恥じらった表情で、さっと身体を離した。その

あとで、

「ありがと……」

小さく言った。

「アイ!!」

由紀の声が再び響き、亮が振り返ると、小鳩アイが血に染まった自分の両手を眺めていた。

飛んできた鏡で頬を切ったらしい綾瀬が、無言で彼女の手当てを始めた。

5

両手のケガでギターが弾けなくなったアイは、はからずも人前で『想い』を披露しなければならないことから猶予を与えられた。

だが、休養して間もなく、スポーツ紙やワイドショーがさまざまな憶測を伝えるようになった――〔小鳩アイに口パク疑惑!〕〔小鳩アイは『想い』を自分で歌っていなかった!?〕〔小鳩アイ自殺未遂! 両手首に傷!!〕

〝休養〟とはいっても、アイはすべての仕事をキャンセルしたわけではない。さまざまなイベントに参加していた。新宿駅前のナショナルチェーンのCDショップでは握手会があった。両手に包帯をしたアイが、長蛇の列を作ったファンひとりひとりと握手する姿は、自分がまいた種とはいえ痛々しかった。

それを遠巻きに眺めていた綾瀬が言った。

「姫、いろいろと不愉快な思いをさせてしまって申し訳ありません」

「いいの。あたしはマスターのためにやってるんだから。憧れの人なんだってね、島津さん」

ニット帽を被ったゆかりがつぶやく。

綾瀬が亮を睨みつける。

「おまえ、姫になにに言ったんだ？」

「なにって、この前店で聞いたことですよ」

「へん」

綾瀬が再び握手会のほうに視線を戻した。アイの後ろには由紀が控えめに立っている。綾瀬はなにを見つめているのだろう？

ゆかりは綾瀬の横顔を見やった。頬に貼ったカットバンが、苦み走った彫りの深い顔立ちに不思議と魅力的なアクセントを添えている。

ふと、あの晩の控え室のことが蘇った。アイがギターをドレッサーに打ちつけ、その瞬間、亮に抱きしめられた。彼の広い胸と、腕の筋肉の感触を思い出すと、どきどきした。そのどきどきを抑えるために、パーカーのカンガルーポケットにいるパンコに触れる。

亮のほうを見た。すると、彼もこちらを見ていた。目が合った瞬間、頬がかっと熱くなった。

──やだ、あたし、なに意識してるんだろ?

「それにしても姫」

と綾瀬に言われて、はっとした。

「な、なに?」

声が上ずっていたかもしれない。

「今回は、アイがあんな調子で、満足な〈音聞き〉ができませんね」

「〈音聞き〉なら、もう終わってる」

「いつの間に、です?」

「首都高。小石川ホールに向かうジャガーの中で」

今度は亮が言った。

「それって、アイが歌う『想い』のＣＤのことですか？」

「そう」

と応えてから、ゆかりは言った。

「マスター、亮くん、小鳩アイの高校時代のことを調べてほしいの」

向こうでいつの間にか築かれた人垣に、アイの姿が隠されていた。

「アイさん、手の傷はいかがですか？」

芸能リポーターだった。テレビカメラも数台来ている。

「アイさんの歌のことでいろいろ取り沙汰されてるよね」

「実は自分で歌ってないいんじゃないかって噂まで流れてるよぉ」

「小石川ホールの控え室で大暴れしたって本当なの？」

慌てて由紀がガードに入る。

「ファンの皆さんの前でやめてください！」

ゆかりは綾瀬と亮を見て、

「お願い」

と言った。

「手荒なことはするなよ、亮」

「分かってますって」

彼らが無作法な芸能マスコミを蹴散らしに向かった。

6

午後の半端な時間、ゆかりはジャガーの後部座席から、郊外の駅を眺めていた。

「ここが、高校三年生だったアイが、たったひとりで路上ライブをしていた場所です」

運転席の亮が振り返って言った。

しかし、そこは駅前広場とは名ばかりで、閑散としていた。駐輪場があるくらいで、コンビニの一軒もない。タクシー乗り場には客待ちの車が一台もなかった。

「アイがギターを奏で、切なく歌う『想い』は、いつしかネット上で評判になった。そして、観衆がこの小さな駅に大挙して押し寄せ、さながらコンサート会場と化した」

亮が続けた。

「当然、芸能プロも注目し、ＣＤデビューに至ったというわけです」

「しかし、解せねえな」

と助手席で綾瀬が言う。

「アイはどうしてまた、こんなうらぶれた駅を選んだんだろう？　ここは、アイの通っていた高校がある駅でも、自宅の最寄り駅でもない」

そう言って通りの向こうに続くシャッター商店街を眺めた。

「沿線には、かつての宿場町で県庁のある浦上もあるし、新幹線停車駅でデパートが建ち並ぶ大倉だってある。そっちのほうが、よっぽど駅前が賑わってるはずなのによ」

「でも、彼女はこの駅を選んだ」

とゆかりは言った。

「彼女にとって、歌うとしたらこの駅前しかなかった。そうするよりほかに方法が見つからなかったから」

「どういう意味です、姫？」

とその時、反対側の車寄せに、窓に目隠し用のスモークフィルムを貼った大型ワゴン車が停まった。

扉が開くと、降り立ったのはなんと小鳩アイ本人だった。ゆかりと同じようなニット帽を目深《まぶか》に被り、ラフな服装をしている。

アイは思い出の駅前にしょんぼりしたようにたたずんでいた。

ワゴン車から由紀が現れて、ジャガーのほうに歩み寄ってくる。

綾瀬がパワーウインドウを下げた。

「アイがここに来たいって言い出したの」

疲れた表情で由紀が言う。

「なにかきっかけがつかめるような気がしたのかしら、ね。キョウちゃんたちも、ここに来ているってことは、アイにとって特別な場所なのを知ってるんでしょ？」

ゆかりはジャガーを降りて、アイのところに歩いていった。

アイが隣にやってきたゆかりに、血の気のない白い顔を向けた。

「まだ、あとをつけ回してたの？」

口の利き方は乱暴だったが、いつものいらいらした感じはなかった。だいぶ憔悴《しょうすい》しているらしい。

「あなたは歌えなくてもかまわないって言った。でも、そうじゃないよね？」

「あんたもしつこいね」

「あなたには、歌を聴かせたい相手がいる」

アイの身体が揺れて、その場にしゃがみ込んだ。

「あなたが『想い』を歌った目的は、小鳩アイになることなんかじゃなかった。その人に気持ちを伝えるためだった……」

そう言うと、閑散とした駅前に冷たい言玉を抱えた彼女をひとり置き去りにした。

ジャガーの前まで戻る。

「島津さん、明日、彼女を連れてパン・アメリカンに来て」

ゆかりは言った。

由紀が頷き、アイのもとに駆けていった。

再びゆかりは車に乗り込むと、綾瀬と亮に訊く。

「高校時代、アイには親友がいた？」

「えーと、橘絵里《たちばなえり》って子がいますね。調べたところだと、交換日記をしてたそうです」

亮が応える。

「交換日記ねえ、イマドキ古風なことするな」

と綾瀬。

「マスターも高校時代にしてたんじゃないんですか、あの島津さんと」

「バカ言え」

ゆかりはふたりのそんなやり取りは相手にせず、

「橘絵里の家は、この近所？」

すると亮が、

「いや、彼女は高校三年の途中で引っ越してますよ。卒業まで残り半年だったっていうのにね」

「彼女が住んでた家に行ってみたい」

ゆかりは言った。

7

由紀の隣で、アイはパン・アメリカンの店内を見回していた。

「マスター、亮くん、〈音消し〉よ」

ゆかりの声に、ふたりはさっと反応した。綾瀬が店のドアのプレートを『CLOSE』にしに行くと、亮はライトアップした酒棚に暗幕を引いた。

鳴物師の扮装をしたゆかりが、龍神の手箱を捧げ持ち、すすっと店の中央に進み出た。そうして、目を閉じたまま、箱を胸もとまで引き下ろす。

アイはうんざりしたような顔でそれを見ている。

「『想い』を聴いたよ。いい曲だと思った」

アイが、「ふん」と鼻で笑い、

「それはありがと」

と言った。

「確かにいい詞だね。タイトルどおり〝想い〟がこもっているから。ひとりの女の子の、ね」

アイは黙っている。

「でも、その女の子っていうのは、あなたじゃない」

アイの顔色が変わった。

「『想い』の歌詞はね、あなたがつくったものじゃないの」

由紀がはっとしてアイを見た。もちろん、それは由紀にとっても、初めて聞かされた事実だろう。

「あなたには高校時代、同じクラスに橘絵里という大親友がいた」

その名前を聞いたとたん、アイの身体がぴくりと震えた。

「ある時、ふたりはケンカした。もう、それがなんだったのか思い出せないような、ささいなことで。でも、互いに口を利かないまま、仲直りのきっかけが見つからない」

ピチャン、と雨の音がした。

「あなたたち、交換日記をしてたよね。ある朝、学校に行くと、教室のあなたの机のラックに久し振りにノートがあった。交換日記のあのノートが。そこには、絵里さんの素直な気持ちが綴られてた。それを読んだあなたは、自分こそ悪かったんだと伝えたくて絵里さんを待った。けれど、その日、彼女は学校にこなかった」

ピチャーン、ピチャーーン、ピチャーーーン……

「担任教師から、彼女が転校したことを伝えられた。家も引っ越したっていう。卒業を半年後に控えての転校なんて普通じゃない。家庭の事情にしろ、よっぽどのことがあったに違いない。あなたは、絵里さんのことが心配だった。なにより、あなたは自分の気持ちを伝えたかった。けれど、ケイタイもつながらないし、誰に聞いても絵里さんの転校先を知らない。引っ越し先も分からなかった」

ザーッ、雨の音が強くなったようだ。

「あなたに残る手段はただひとつ、絵里さんの〝想い〟が分かったということを、どこにいるかも知れない彼女に届けることだった。それで、得意の音楽で伝えることにしたの。場所は、少しでも彼女の注意を引くように絵里さんの家があった駅前を選んだ。彼女が書いたあの交換日記の言葉を歌詞にしてね」

それまで黙っていたアイが、

「楽しい？」

やっと、という感じで口を開いた。

「人が心に秘めてることを、そんなふうに暴き出して楽しいの？」

雷鳴が響き渡った。

「まだ、これで全部じゃないよ」

ゆかりが言って、まぶたを開いた。

「会わせたい人がいるの」

綾瀬が奥のドアを引くと、中年の女性が現れた。

「絵里のおばさん！」

思わずアイが声を上げた。

「久し振りね、キミちゃん」

絵里の母親がアイに向かって言った。

すると、ゆかりが言う。

「そう、キミちゃん――あなたの本名は、佐藤紀美子だよね」

亮は小声で、

「しかし、小鳩アイのほんとの名前が〝サトウキミコ〟とはね、地味すぎません？」

「お口にチャック」

綾瀬に小突かれた。

ゆかりが再び目を閉じると、話を続けた。

『想い』の歌詞にある、同性とも異性ともとれる相手の〝きみ〟は、交換日記の絵里さんの文章では紀美子の〝キミ〟になっていた。そう、あなたの呼び名。そしてもうひとつ、絵里さんの文章から削除されている言葉がある」

アイが絵里の母親のもとに、とぼとぼと近づいていった。

「おばさん、絵里は？　絵里は一緒じゃないの？」

「じつはね、キミちゃん、絵里は転校したんじゃなかったのよ」

「どういうこと？」

「入院したの。病院に、ね」

「え？」

「乳腺《にゅうせん》に悪性の腫瘍《しゅよう》が見つかったの」

アイがはっとして、

「そんな、高校生じゃない！」

「そう、一生のうち、一番元気な時かもしれないわね。みんな若さに輝いてて、毎日がお祭りみたいで」

そこまで言って、落ち着いた口振りで話していた彼女の表情が初めて曇った。

「だから絵里は、自分が病気になったことをみんなに言いたくなかったの。それで、担任の先生にお願いして転校ということにしていただいたのよ」

「じゃ、引っ越したっていうのは？」

「越してないわ」

「なんてこと……じゃ、家に行けば絵里に会えたんだね」

絵里の母親は黙って立っていた。

「だけど、あたしがいけないんだ。なんか気まずくて、引っ越したって聞いたあとでも絵里の家に近づけなかったんだから」

「キミちゃんが駅前で歌ってたことは知ってた。絵里も――」

「絵里も知ってたの⁉」

彼女が頷いた。絵里の母親は、すらりとした控えめな感じの女性で、ここにいない娘の姿を亮に想像させた。

「手術のあとに、少し体調が安定して、家に戻ったことがあったの。その時は、夫が運転する車の中から、キミちゃんが歌う姿を見てたのよ」

「どうして⁉　どうして声をかけてくれなかったの⁉」

彼女は穏やかに微笑んで、

「あの子は最期まで、元気になって、キミちゃんの前に戻るつもりでいたのよ」

そこで、彼女は声を詰まらせた。その目が真っ赤だった。

アイの口もとが震えていた。

「〝さいごまで〟って、絵里は……絵里は……」

母親がうつむいて首を振った。

「あああ――っ‼」

アイが絶叫した。

ゆかりが龍神の手箱のフタを開いた。暗闇に白い光が広がる。

「あなたは絵里さんに〝想い〟を伝えたくて、歌っただけだった。でも、その歌がいつしか話題になり、小鳩アイとしてデビューまでした。そして、歌がヒットすればするほど、逆にあなたの心の負担は重くなっていった。なぜなら、シンガーソングライターといいながら、大ヒットしたデビュー作であるあの歌詞は、あなたが書いたものではなかったから。その鬱積した気持ちがあなたに『想い』を歌わせなかったのよ」

ゆかりの中から光が飛び出し、真っ直ぐにアイの身体を通り抜けていった。光はそのまま高速でゆかりの中に舞い戻ると、ひときわ強い光芒を放って、嘘のように消えた。

アイの唇からつぶやきがもれた。

「ごめんね……ごめん……ごめんね」

その声は、だんだんと大きくなっていった。そうして泣きながら言っていた。

「ごめんね、絵里。ごめん。あたし……ただ、それを言いたかったんだ。それなのに、あなたが書いたものが、こんな……こんなことになっちゃって……」

「アイさん、それが、あなたの鳴らなかった音」

ゆかりが再び目を開き、優しく語りかけた。

「絵里さんが交換日記に書いた文章から、あなたが削り取った言葉――それは〝ごめんね〟よ。なぜなら、アイさんのほうから絵里さんに言いたかったことだから。絵里さんは悪くない、悪いのは自分のほうだって思ったから。いちばん伝えたい相手に〝ごめんね〟と言えないあなたは、いつしか、周囲の誰に対しても、その言葉を口にできなくなっていった」

絵里の母が、啜り泣いているアイの肩を抱いた。

「あの子ね、病室でキミちゃんのCDを聴いてたのよ。そしてね、得意げに言ってた〝これは、キミとあたしの合作よ〟って」

アイが激しく嗚咽《おえつ》した。

「絵里……死んじゃったら、もう謝れないよ……」

島津由紀がアイの隣に立って、静かに言った。

「新しい詞《うた》を歌うのよ、アイ」

涙に濡れた頬で、彼女が由紀を見返した。

「……新しい詞？」

由紀が頷いた。

「絵里さんのためにね」

ゆかりが龍神の手箱をパタリと閉めた。

「鳴りました。縁日到来」

そうして、アイに向かって言った。

「あたしができることはここまで。乱れていた心の音を整えただけ。あとは、アイさん次第よ」

それを離れて見つめていた綾瀬が、

「姫は、またひとつ呪縛を解いた」

そっとつぶやいた。

亮は、そう言う綾瀬の真剣な横顔を見やった。

「こうして他人の呪縛を解いてるうちに、姫自身の呪縛も解けるはず——俺はそう信じている」

「ゆかりさんの呪縛ってなんです？」

だが、綾瀬はそれに応えることはなく、固く口を引き結んでしまった。

8

小鳩アイの新曲発表が行われる会場で、ゆかりは久し振りに彼女と再会した。

「どうしても、来てほしかったんだ。あんたのおかげだから――」

アイがゆかりに言った。

ステージソデで、周囲ではスタッフが忙しなく右往左往している。ニット帽にだぶだぶのカーゴパンツ姿のゆかりは、ＡＤと間違えられそうだった。

「イメチェンしたの？」

ゆかりは言った。

アイはポニーテールはそのままだったが、ブルージーンズにTシャツ姿だった。

「そ。田舎芝居の衣装はやめた」

「あなたらしくていいね」

そう言ったら、アイがはっと気がついたように、

「あ、あんたのほうはあのままでいいと思うよ」

ゆかりの鳴物師ルックについて慌ててフォローする。

「なんかそれって、すっごくフクザツな気分なんだけど」

ふたりで声を合わせて笑った。

そのあとで、アイが言った。

「ねえ、ゆかり――あ、そう呼んでいい？」

遠慮がちに訊いてくる。頷くと、彼女がはにかんだような笑みを浮かべた。

「ゆかり、ひとつ訊いていい？」

「なあに、アイ？」

目を見交わしてまた笑い合った。

「ゆかりはどうして鳴物師になったの？」

「歌も唄えないし、ギターも弾けないから」

そう言ったら、アイは面白そうに笑ったけれど、まだほかの応えを待っていた。

それで、ゆかりは彼女の目を見て再び言った。

「それはね、あたしには選べなかったことなの」

アイはしばらくなにか考えていたようだったが、

「あたしにできることがあったら、なんでも言って」

真っ直ぐにゆかりを見つめ返してくる。

ゆかりは、ふっと微笑んで、

「そう、いつか頼むことがあるかもね」

「いつだっていいよ。あたし、ずっと待ってるから」

「アイ！」

向こうで由紀が携えていたギターを高々と掲げた。

「あなたには、島津さんがいてよかったね」

ゆかりが言うと、

「あなたも、ね」

アイが言って、ゆかりの背後を見やる。振り返ると、シルエットになって立っている男ふたりがゆかりの目に映った。大きいほうの影が、あの時折見せる両腕を広げる仕ぐさをした。

「行くね」

小鳩アイが、発光するようなオーラを放ちながらステージへと向かう。

その背中に、

「頑張って」

ゆかりはそっと声をかけた。

＊

アイは、高校時代の親友との思い出を歌った新曲『メッセージ』を発表した。ＣＤのジャケットには［作詞：橘絵里＆佐藤紀美子　作曲：小鳩アイ］とある。

第四章

踏めないベース

1

ゆかりを捉えている呪縛とはなんだろう？　と、ぼんやり考えながら、入来亮は旧江戸城外郭の堀を歩いていた。

——あの調子じゃあ、マスターから聞き出すのは難しいだろうな。

ここは亮のいつもの散歩コースで、堤《つつみ》の下には、私立紅坂《べにさか》高校の運動場が外堀を埋め立てて広がっている。文武両道を誇る名門だけに、この都心によくぞ、と感心するほどの敷地を維持していた。

運動場の一角は、高いフェンスを張り巡らした野球グラウンドで、一塁側、三塁側には大きくはないがスタンドまである。今は実戦形式の打撃練習が行われていた。

紅坂高校の硬式野球部は、毎年甲子園を狙える位置にある強豪だ。

亮はバックネット裏まで来ると立ち止まった。ネクストバッターズサークルに見知った顔がいた。

彼は、ひときわ大きな声でグラウンドに声をかけている。

「うっしゃー、行くぞー！」

その彼が亮に気がついて明るい笑みを見せた。ヘルメットのひさしを軽くつまむようにして、「チェス」と唇を動かし挨拶する。

亮も軽く右手を上げてそれに応えた。

練習が終わったあと、彼、西山剛《にしやまつよし》とフェンス越しに言葉を交わすようになっていた。二年生だが、すでに立派な体格をしている。身長は一七八センチの自分と同じか、少し高いくらいだ。

なにより右打ちのスラッガーというのが本格的でいい。近頃はリトルリーグでも、出塁するために少しでも一塁ベースに近くて有利ということから、こつこつ当ててゆく小粒な左バッターを仕立てようとする傾向がある。しかし剛は、無骨なまでに遠くへボールを飛ばすことにこだわる、典型的なパワーヒッターだ。そんな潔《いさぎよ》さが亮は好きだった。そして、剛の明るさや無邪気さも。

二回、三回と素振りし、剛が地面にグリップエンドを打ちつけて鉄製リングの錘《おもり》を外した。

バッターボックスに立つと、鋭くはあるが澄んだ瞳をマウンドに向ける。ピッチャーが投じた初球を余裕の表情で見送ると、二球目をフルスイングして弾き返した。金属バットの、キーンという高く澄んだ音が残響となってグラウンドにこだまする。

打球が青い空に美しいカーブを描いてぐんぐん伸び、白い雲と一瞬同化してから左翼手の頭上を越えていった。

剛が走る走る。足も速かった。

以前、彼と話した時、

「俺、ホームランよかスリーベースが好きなんですよ」

と言っていた。

「打ったあと、すぐベンチに引っ込むんじゃなくて、グラウンドに残れるじゃないですか。サードベースに立ってると、みんながこっちを見てる気がするんですよね」

陽焼けした真っ黒な顔の中に白い歯を覗かせて、剛がにかっと笑った。

今日も大好物のスリーベースを放った彼は、得意げに三塁上に立っていた。

すると、

「バカヤロー!」

罵声が飛んだ。

そして、ベンチにいる監督に呼ばれ、プラスチックのメガホンでぽかぽか殴られていた。

あいつまた叱られてるな、と亮は思った。なにをあんなにいつも怒られてるんだろう？

ベンチ前に直立不動している剛の顔は、ずいぶんと深刻そうに見えた。

2

亮は剛をパン・アメリカンに連れてきた。

大きなスポーツバッグを足もとに置くと、彼はカウンターの脚の長いスツールに腰を下ろし、高そうなウイスキーの並んだ酒棚や、ボックス席のソファだけが赤く浮かび上がった漆黒の空間を、火星の風景を眺めるような目で見回していた。そうして、カウンターにひとり座り、グラスを傾けている古代の巨石像のような男の姿も。

亮が剛に、

「こちらにいるのがマスター」

と、綾瀬恭一郎を紹介する。

「チェス！」

剛がすぐに立ち上がって挨拶した。

綾瀬が鷹揚《おうよう》に頷くと、

「ホットドッグ食うか？」

と訊いた。

「ウィッス！　ごちになります！」

その応えに、綾瀬が自分の耳を疑っているようだった。

「本当か？　食うのか？」

「ウッス！　ぜひ！」

満面に笑みをたたえた綾瀬が、勇んでカウンターの中に入る。そうして、めったに注文がないわりには、慣れた手つきでピクルスを刻み、きびきびとソーセージを焼き始めた。

香ばしい匂いが漂い剛が喉を鳴らすと、その前に、たちまち白い皿に載ったホットドッグがパセリを添えられて現れた。いい感じに焦げ目のついた、ぷりっとしたビーフソーセージには、赤いトマトケチャップの波線が描かれている。

練習後で空腹なのだろう、剛が爛々《らんらん》と目を輝かせ、それを見つめていたが、

「いただきます‼」

両手で皿から取り上げると、せきたてられるようにかぶりついた。まるでそれは、急いで食べなければ、手の中のホットドッグが逃げ出してしまうとでもいったように。

「どうだ？」

「う、うまいです！」

夢中で食らいついている剛の姿に、綾瀬はいたく満足して、

「マスタードじゃなくて、和風辛子をバターと一緒にパンに塗り込んでるのが俺流なんだ。少しばかり鼻につんとくるだろ？　だが、それがいいアクセントになってるはずだ」

自信たっぷりに言う。

すると、ふいに剛がホットドッグを口から放した。

「どうした？　辛子が効きすぎたか？」

高校球児の目から、ぼろぼろっと涙がこぼれ落ちた。

「そんなに辛かったか？」

次の瞬間、剛が声を上げてわんわん泣き出した。

亮はわけも分からず、

「ツヨシ……おまえ……？」

その様子を眺めていた。

剛は泣きながら、なおもホットドッグをがつがつ食べ続けた。

3

亮は綾瀬についていて、パン・アメリカンから徒歩五分ほどのところにある龍神スカイタワーに向かっていた。しょんぼりした表情の剛も一緒だ。

高名な建築家が手がけた氷壁を思わせる紅坂クイーンズホテル新館の巨大なガラスの建物がまず現れる。ヒマラヤスギの木立に囲まれた、かつては宮家の屋敷だったというホテル旧館の前を通り過ぎると、地上に垂直に穿《うが》たれた杭のような高層建築が見えてくる。それが龍神スカイタワーで、音無ゆかりの住まいは最上階の四十四階にあった。

「最上階のフロアすべてが、ゆかりさんの家なんですか?」

亮が身体をのけ反らせて、てっぺんを眺めながら訊いた。

「姫が住んでるのは4401号だ。もうひとつ4400号って部屋があるが、まあ、フロアのすべてが姫のうちっていえば、そうなるな」

綾瀬が言った。

「4400号ですか？」

「ああ」

「そこはいったい？」

綾瀬が複雑な表情になって、

「いや、まあ、いいだろう」

それ以上、この話には触れられたくないような素振りを見せた。

——ちくしょう、またかよ。

広々とした豪華な調度のマンションロビーには、ホテルのようなフロントまであって、比べても仕方ないことだが、自分のボロアパートは犬小屋以下だと亮をやるせない気持ちにさせた。

綾瀬が玄関ロビーのインターホンを押すと、ゆかりの声がした。そして、プライベートエレベーターを使って四十四階まで来て、待つように言われた。玄関を入ってすぐ左側の部屋に、三人は立っていた。白い壁には窓がなく、床も白い。部屋の中央に置かれた白いローテーブルを囲む赤いソファだけが鮮烈だった。

パン・アメリカンの白バージョンだな、こりゃあ、と亮は思う。

間もなく、赤いミニドレスのゆかりが現れた。

「姫、お寛ぎのところ申し訳ありません。このガキ、いや、青年は亮の弟分《おとうとぶん》で、ツヨシってんですがね、少しばかり相談に乗ってやっていただきたいんですよ」

綾瀬が言って、剛のいがぐり頭をぐいぐい押さえつけた。

「こら、ちゃんと姫に挨拶しねえか」

高校野球のスラッガーも、綾瀬と並ぶと、ひょろりとした印象になってしまう。

「紅坂高校硬式野球部の西山剛です。よ、よろしくお願いします」

ゆかりは汗臭そうな男子を見て、

「ま、座って」

と、うんざりしたように言った。そうして、彼女も彼の向かい側に腰を下ろす。

綾瀬と亮は白いドア近くに立ったままでいた。

「で、相談てなに？」

と、ゆかりは剛の緊張を無視して素っ気なく問い質《ただ》した。

剛は肩をすぼめるようにして下を向いている。

ゆかりが黙ったまま待っていた。

剛が制服のグレーのパンツを両腿の上で握りしめ、

「自分は……自分には……ベースが踏めないんです」

ぎこちなく言った。

それを聞いたゆかりが、

「ベースってなに？」

ちんぷんかんぷんな表情をした。

野球のルールをゆかりがまったく知らないので、亮は簡単に説明した。そうして剛が、安打を放っても、ベースを踏み忘れてアウトになってしまうことを補足して伝えた。

「踏めないベースは何塁かって、いつも決まってるの？」

ゆかりが訊いた。

「今日の練習のときみたいに長打を打って、三塁まで行ったら、二塁を踏み忘れてたり。ひどい時は、ライト前にヒットしたのに、ファーストベースを踏まずに走り抜けて、慌てて戻ったけど、返球で刺されライトゴロになったり……」

「そういうのって、毎回のこと？」

「そりゃ、三振したり、凡打でアウトにもなりますが、ヒットになった時には、かなりの確率でこうしたポカをやります。フォアボールで出て、次の奴が打って、二塁を回ったところでベースを踏み忘れたような気がして立ち止まったこともあります。そん時は、相手チームの野手に挟まれてタッチアウトになりました」

「ふーん、じゃ、本当に踏み忘れちゃう時と、踏み忘れたような気がして失敗しちゃうことがあるわけね」

「ま、そうです」

ゆかりは少し考えてから、

「ツヨシくんは野球が好きなんだよね？」

ゆかりに〝ツヨシくん〟と呼ばれて、彼の陽に焼けた顔が赤黒くなった。

「す、好きです」

「なによりも？」

「なによりって、ほかにもいろいろ好きなものはあるけど……でも、やっぱ野球です。できたらプロに行きたいし」

そこで亮は言う。

「プロのスカウトの目にも留まってるんですよ。時々、剛の練習を見にきてますから」

「そんな人たちの前で失敗しちゃまずいよね」

ゆかりが言った。

「……はい」

剛が力なくうなだれた。

「でも、プロからも注目されてるってことは、剛くんは、えーと、うまいんだよね、野球？」

「はあ、まあ」

「〃まあ〃じゃないだろ！」

亮がハッパをかける。

「おまえは右の本格派スラッガーじゃないか!!」

「そんなにすごいバッターのツヨシくんが、チャンスに出番が回ってきたとしたら、どんなふうに思うの？」

「………」

「その時、チームのみんなに向かってなんて言うのかしら？」

「〃よーし、みんな行こうぜ！〃……ですかね」

「ふーん」

とゆかりが言った。

4

真紅のジャガー・セダンは、城郭の堀に停まっている。

「亮くんは、野球好きなの？」

と、ニット帽を目深に被ったゆかりは訊いた。

「好きですよ、観るのはね。自分ではやらないけど」

彼が応える。

車内にいるのはふたりだけだった。綾瀬は別行動で、剛の家族関係を調べている。

「どうして自分ではプレーしないの？」

後部座席からゆかりは訊いた。

「ヘタだからですよ、球技全般がね。スポーツはなんでもやったけど、野球、サッカー、バスケット、どうもボールを使うのはうまくいかなくって。不器用なのかな。っつーか、チームプレーってやつが苦手で」

運転席で亮が前を向いたままで言う。ゆかりは彼の右耳で揺れている三つの小さなリングを眺めていた。

「でも、ツヨシくんには肩入れしてる。なぜ？」

「どうしてかな……あいつの真っ直ぐなとこに惹かれるのかな。好きなものを究めようと、とことん努力してるところに。田舎から東京に出てきただけで好きなものがいまだに見つけられずふらふらしてる俺は、うらやましいんでしょうね」

そう言って、かすかに笑った。

「好きなものか……」

ゆかりはため息まじりに言う。

――ツヨシくんには野球がある。小鳩アイには歌があった。あたしにはなにがあるだろう？

亮がやはり前を向いたままでぽつりと言った。

「自分がほんとに好きなものがあって、それに全力で取り組めるってこと――いや、そうでなけりゃ、自分に好きな人ができて、その人がやっぱり自分のことを好きでいてくれた……そんなもんじゃないですかね、幸せって。柄にもないこと言うみたいだけど」

――幸せ。そんなものについて考えたことあったかなあ？

ゆかりは思う。

「来ましたよ」

向こうから女子高生が堤を歩いてくる。ブレザーにミニのプリーツスカート。紅坂高校の制服だ。

「行ってくるね」

ゆかりはジャガーを降りた。


下校途中の女子高生が、目の前に突然現れたゆかりを不審そうに見た。

「富田亜樹《とみたあき》さん？」

「そうですけど……」

相変わらず警戒している。

「西山剛の姉です」

そう言ったら、ぱっと表情が明るくなった。

「ああ、そうなんですか。こんにちは」

「いつもツヨシがお世話になってまーす」

すると、

「こちらこそ」

と、そつのない応えがすっと返ってきた。賢いクラスの副委員長といったタイプだ。

もちろん野球部のマネージャーとしても有能なのだろう。その観察眼が、今自分に向けられている。

後ろに控えている高級外車とは不釣合いなダブダブのパーカーとカーゴパンツのゆかりは、

「あれはカレ氏。金持ちのボンボンなの。ここまで送らせただけ」

「そうなんですか」

運転席にいる亮の姿に、堅物女子マネのハートがほんの少しとろけたようだ。それでも彼女の疑いは完全には払拭《ふっしょく》できていない。だが、もういい。

「ツヨシのやつ、ちゃんとやってる？　弟が家から外に出て、どんなふうに暮らしてるか気になってね」

二年生になると硬式野球部員の主力組は学内にある寮に入る。

亜樹が曖昧な表情をした。ゆかりを疑わしく思っているのとは別のようだった。

「まさか門限破りとかしてないよね？」

「そんな、西山くんは真面目ですから。ただ……」

女子マネージャーが言い淀んだ。

「なあに？　遠慮しないで言って」

「寮生活のいろいろなことを当番でするんですが、そういうことに慣れてないのか、失敗が多いんです」

　そう言ってから、

「ごめんなさい」

　と、こちらに気を遣ってくれる。いい子なのだ。

「あいつ、どういうしくじりをしてるの？」

「洗濯機に洗い物をたくさん詰め込みすぎたり、食事のあとは自分の使った食器を洗うんですけど丼やお皿を割ったり……まあ、男子は初めはみんなそうですけどね」

　と、少し微笑んでから、

「でも、西山くんはあまりに頻繁というか、失敗したことを覚えないというか……ごめんなさい」

　とまた謝る。

「あ、いいの。まったくしょうがない奴ね」

「それに……」

「それに、なあに？　気にしないでどんどん言って」

「お風呂を空焚きして、小火《ぼや》を出しそうになったんです」

「えええっ⁉」

　そう声にしたあとで、さすがにゆかりも絶句した。

——それはあまりにひどすぎる。

「野球部の寮ってかなり古くて、お風呂も給湯式じゃないんですけど……」

亜樹はそう言ってから付け足した。

「西山くん、かなり責任を感じたみたいで、お風呂当番の日には、ひと言声をかけてくれって、わたし頼まれてるんです」

「声を？」

「ええ、お風呂の水を忘れないようにって。それだけで、自分はちゃんとやれるからって」

「そんなことをあなたに頼んだのね」

「西山くんて、野球の実力だけじゃなく、明るくて、チームのムードメーカーだし、今の三年生が引退したらキャプテンにって監督も考えてたみたいなんです。でも、寮に入ってから、すっかり信用を失ってしまって」

これだけ聞けば、たとえ演じているだけの姉だとしても申し訳ない気持ちになってしまう。

「ご迷惑をおかけしているようで、すみません」

神妙に謝った。

——まったくツヨシくんてば！

「ところで、弟がいちばん仲良くしてるチームメートって誰かしら？　そんなんじゃ、きっとその子にも迷惑かけてるはずだから、お詫びを言いたいの」

「木ノ下くん、ですね」

亜樹が間髪を入れずに言った。

「一年生の頃からよくお宅にも遊びに行ってたみたいですけど、お姉さんご存じじゃないですか？」

「え？　ああ、木ノ下くんね。そういえば会ったような……」

賢い女子マネージャーが、再び疑わしそうな視線を送って寄越す。

「西山くんにお姉さんがいたんですね。わたし、聞いたことなかったな。それに、木ノ下くんが会ったんなら、もっと騒いでるような気がする」

男子ってそういうものだから、といったしたり顔でこちらを見返してくる。

——おっと、そろそろ化けの皮がはがれそうな予感。退散しなきゃ。

「じゃ、今後とも弟をよろしくね」

そそくさとゆかりはジャガーに戻った。

「どうでした？」

助手席にすべり込んだゆかりに、亮が訊いた。

「ヤバい、車出して」

走り出したジャガーのほうを、亜樹が怪しむようにいつまでも見つめていた。

5

紅坂高校の学生食堂は、昼休みで活況を呈していた。

「木ノ下くん！　ねえ、木ノ下くんでしょ？」

声をかけたら、テーブルの向かいでカツ丼をかっ込んでいたニキビ面の男子生徒がこちらを見た。その顔が、とたんにしまりのないものになる。ゆかりは紅坂高の制服を着ていた。

「三年の音無だけど、いつも練習見てるよ」

「ウッス。あざーす」

ますます目じりを下げて言う。

「センターだよね。いつも無心にボールを追いかけてる姿がステキ」

すると、デレッとした表情が少しだけ不満げになった。

「センターはツヨシッスけど」

「あ、ごめん。西山くんがセンターよね。木ノ下くんて、西山くんと仲良しなんでしょ？」

「はあ、まあ」

「おうちにも遊びに行ってるって」

「ええ、何回か行きましたけど」

「あ、食事続けて。ラーメン伸びちゃうでしょ」

「え、ああ、はいッス」

木ノ下はカツ丼を食べる合間に味噌ラーメンを啜っているのだ。

「西山くんて、お母さんとふたり暮らしだったよね」

「よく知ってますね」

「ちょっとね」

それは調べてきた綾瀬からの情報だ。

「ツヨシの奴、あれで親思いなんスよ。あいつが小さい頃に、親父さんが死んでるんス。女手ひとつで苦労して自分を育ててくれたおふくろさんに楽させてやりたいって、それでプロ目指してるんスから」

「お母さんて、どんな人？」

「これがまた息子思いっていうか、あれこれほんと面倒見のいいおふくろさんなんス。

一緒に晩飯食ってても〝魚の骨ちゃんと取った？〟とか〝よく噛んで食べるのよ〟とか、いちいち横から言うわけッスよ。ツヨシのほうも〝ウルセー〟とか言いながら、鍋物なんかいちいちよそってもらってて。きっと身の回りのあれこれも全部任せっぱなしにしてたんだろうな。だから入寮してから、なんにも自分ひとりでできないんだよな」

そこまで話して木ノ下がふと気がついたように、

「ところで、なんで剛のことばっかかそんなに訊くんスか？」

「応援してるのよ、西山くんも、木ノ下くんも」

彼がゆかりを見ている。

「おかしいよな、こんなかーいい人、たとえ学年が違ってたって知らないはずないんだよな」

「ありがと。でも、あたしって、よく特徴がない顔だって言われるの。美人にありがちでしょ？」

にこっと笑ってみせた。

するとと、木ノ下がはたと気がついたように、

「そうだ！　こないだ亜樹がツヨシをストーカーしてる女に会ったたって言ってた！　もしかして……」

ゆかりはウインクすると、目の前にある手つかずのオムライスをトレーごと押しやって、

「よかったら、これ食べて」

そう言って、短いプリーツスカートを揺らして学食を出ていった。

6

パン・アメリカンに出勤する道すがら、亮は黄昏《たそがれ》の龍神スカイタワーをひとり見上げていた。

部屋の照明がついていたり、いなかったりする時間で、最上階の窓には明かりがひとつもなかった。ゆかりが今なにをしているかは分からない。外出している可能性だってないわけではなかった。

「縁日台にご縁のある方ですよね」

突然、後ろから声をかけられた。

振り返ると、初老の男が立っている。

「鳴物師に付き従う風神、雷神か。さしずめあなたは、風をつかさどる風神といったところですかな」

亮が不思議そうな顔をしていると、男は穏やかに笑って、

「いや、失礼」

そうとうにくたびれたツイードの上着の内ポケットから、黒革の高級そうな名刺入れを出した。

「こういう者です」

渡された名刺には〔和泉多摩川大学　文学部　人文学科教授　宇目航平《うめこうへい》〕とあった。

亮は改めて宇目の姿をひとわたり見た。黒っぽいスラックスは折り目《クリース》がすっかり消えているくらいよれよれなのに、履いている靴は一点の曇りもないほど磨きこまれた上物のストレートチップだった。どうやら、歪《ゆが》んだ完璧主義者らしい。

「実は龍神伝説が、私の研究の専門でしてね。古文書をあたっていると、出くわすんですよ〝鳴物師〟という存在に。それは、国が定めた政《まつりごと》の官位や役職ではない。市《し》井《せい》の人々によって、ある尊敬を込めて呼ばれるようになった通称だと」

亮は、綾瀬から聞いた話を思い出した。野武士の襲来から村を救った若武者が住みついた砦は、縁日台と呼ばれるよろず相談所になった。〈音聞き〉と〈音消し〉によって諸問題の解決にあたった若武者は、人々からいつしか鳴物師と呼ばれ崇《あが》められた。

「龍神はその鳴き声によって雷雲を呼び、嵐を呼ぶと言われています。歌舞伎の演目にもなっとりますな。『鳴神《なるかみ》』はご存じですか？」

宇目にそう訊かれ、亮は首を振った。

「龍神が滝つぼに封印され、雨が降らなくなってしまう。封印が解け、龍神がそこから飛び出すと豪雨になるという話です。現行上演されているのは、寛保年間に演じられた『雷神不動北山桜《なるかみふどうきたやまざくら》』がもとになっとります。〝鳴神〟は〝雷神〟――嵐に縁があるんですよ、龍神は」

なんだかよく分からないが、〈音消し〉の時に綾瀬が使うあの効果音は、まんざら根拠がないわけでもないらしかった。そしてもうひとつ、綾瀬の言う〝演出〟とは、ゆかりの中から龍神を呼び出すための演出であり効果音だったのだ。

「嵐といえば雷と風。で、あなたと、もうおひと方いらっしゃいますね、あなたよりももっと大きな」

「マスター」

「そう。雷神の化身であるあの方と、風神のあなた、おふた方で、龍神に仕えていらっしゃる、と――そう私は見てるわけです」

しかし待てよ、と亮は考える。マスターの先祖って、龍神沼のカエルの化身じゃなかったっけ？　いや、そんなことより、この宇目教授に訊けば、ゆかりが囚《とら》われているという呪縛についても、なにか聞き出せるのではないか。うまくすれば、それを解く方法だって分かるかもしれない。その時、気がついた。自分はゆかりの秘密が知りたいのではない、彼女を救いたいのだと。

「宇目教授、鳴物師が龍神の化身であるというのは、本当なんですか？　その血が現在まで脈々と受け継がれているというのは？」

「そして鳴物師は、自分の中の龍神を天上に帰すべく、冷えた言玉を集めている。あるいは、鳴物師の中の龍神がそれを欲している」

亮は頷いた。

大学教授が続けた。

「研究者にできることは、文献を読み漁り、推論するだけですよ。それだけです。しかしね――」

宇目が亮を見た。

「古来、アジアの龍と遠く離れたヨーロッパのドラゴンが、あれほど似通ったイメージを持たれていることについて、どう説明がつくんでしょうかな？　実在するものは実在する。時に、信じるということも、疑うことと等しく研究者には必須《ひっす》の資質であるということです」

「では、教授は、やはり鳴物師の中に龍神が棲んでいるとお考えなのですね？」

宇目が厳かに頷いた。

そこで亮は思い切って訊いてみた。

「鳴物師と呪縛の関係性について、なにかご存じないですか？」

「はて？　鳴物師は呪術師とは違いますし、それはいったい？」

「鳴物師がなにかに呪われているのでは、ということなんです」

「ははは、あなたも面白いことをおっしゃいますな。しかし、そうなると私の研究範囲外です」

だが、宇目がそこでなにかに思い至ったようだった。

「呪われている、というか、鳴物師に対して深い恨みを抱いている存在はあるでしょうな」

「それは」という亮の問いかけさえ許さないように宇目が言葉を続けた。

「かつて、野武士の襲来から村を救った若武者が鳴物師の始祖だとするなら、滅ぼされた側の野武士の頭目《とうもく》がいます。我王丸《がおうまる》というその頭目の子孫は、綾取《あやと》り師となって、やはり永々とその血筋を受け継いでいるとか」

「アヤトリシ、ですか？」

宇目が眉根を寄せた厳しい表情で頷いた。

「大名の跡継ぎの子守り役として綾取りの相手をしていたことからそう呼ばれるよう

になったのです」

亮は少し拍子抜けした。

「綾取りって、もしかして、あの糸で遊ぶ？」

宇目のほうは相変わらず厳かな表情で頷く。

「両手で糸を操り、〝月にむら雲〟や〝四段梯子〟などをつくる綾取りは、古来、幼い子の教育効果が期待できるとされていたんですな。そして、綾取り師とは、その実、幼い跡継ぎの心に取り入り、そののち大名家を意のままに操る、操り師の意味だったとも」

「その綾取り師の子孫が、今も鳴物師に深い憎悪を抱き続けているということなのですね？」

「いや、綾取り師が実在するかどうかは、本当のところよく分からんのですよ。鳴物師と龍神について文献を当たっている中で、ちらほらと影のようにその名が見え隠れするだけなのです」

鳴物師と呪縛――なにかがつかみかけたかと思うと、それはするりと自分の手から逃れ去ってしまう。

「しかし、それならあなたの言う呪いの件、いっそのこと鳴物師に直接尋ねてみてはいかがです？」

ゆかりに〝あなたは呪われてるんですか？〟と訊けっていうのか……大学教授だかなんだか知らないが、この男はやはり歪《いびつ》な思考をするようだ。

すると、さらに彼が言った。

「ここが龍神スカイタワーになる以前の、縁日台の主《あるじ》に会ったことがあります」

綾瀬の話だと、この土地を処分したのは先代。ということは宇目の言っているのは先々代、それって、ゆかりの……

――おじいさんだ！

「その鳴物師って、いったい今どこにいるんです⁉」

亮は宇目につかみかからんばかりの勢いで尋ねた。

7

「ここがツヨシのおふくろさんの職場です」

綾瀬が言った。

大田区蒲田《おおたくかまた》の中小製造業が密集した工場街だった。

鉄工所の正面シャッターが上がっていて、男たちに交じって働く中年女性の姿がある。西山敦子《あつこ》は芯の強そうな、そして明るくさっぱりとした感じの人だった。今も、同僚らと楽しげに冗談を言い合ったりしながら、工作機械を巧みに操作している。

停車したジャガーの中から、ゆかりがそれを見つめていた。

しかし、運転席にいる亮の視線は、どうしても後部座席のゆかりのほうに向かってしまう。彼女の祖父のいる場所が分かったのだ。

「マスター」

亮は隣にいる綾瀬に言った。

「今度休みもらっていいですか？」

「あん、どうした？」

「久し振りに郷里《くに》に帰ってみたくなったんです。ツヨシのおふくろさんの姿を見てたら、俺も自分の母親に会いたくなっちゃって」

「おお、そうか。行ってこい、行ってこい。そんで、畑仕事のひとつも手伝ってこいや」

ジャガーはそのまま港区の紅坂高校グラウンドに向かった。

今日は野球部内の紅白戦が行われる。このところ走塁ミス（つまりはベースの踏み忘れ）が多い剛は、この試合でまたポカをやったら、つぎの対外試合はスタメンから外すと監督から言い渡されているらしい。

三人はジャガーから降りて堤の上に立ち、外野方向からグラウンドを見下ろしていた。

「ツヨシの打順ですよ」

亮は言った。

綾瀬が頷き、ゆかりは黙ったままで右バッターボックスの剛を見ている。

三球目を剛が強振し、レフト前にクリーンヒットした。

「やった！」

思わず亮は歓声を上げた。

だが、次の瞬間、

「ツヨシ……」

亮は言葉を失った。

剛が一塁ベースを目前に立ち止まってしまったのである。

「重症ね」

ゆかりが言った。

8

パン・アメリカンに連れられてきた剛は、すでに泣きそうな顔で立っていた。

「マスター、亮くん、〈音消し〉よ」

店内にゆかりの声が響き渡る。

綾瀬がドアに掛かった『ＯＰＥＮ』のプレートを引っくり返しにいき、亮は酒棚を暗幕で閉じた。

闇の訪れた店の中央に、赤いミニドレスのゆかりが龍神の手箱を捧げ持って現れる。

剛がそれを呆然と眺めていた。

ゆかりが龍神の手箱を胸もとまで下げた。

「ツヨシくんは寮に入ってから、たくさん失敗をしているそうね」

「……は、はい」

さすがの剛もずいぶんと落ち込んでいるようだ。

ゆかりが目を閉じたまま続ける。

「食器を割る程度ならともかく、お風呂を空焚きして、小火《ぼや》を出しかけたとなると大ごとだね」

剛が小さくなってうつむいてしまった。

「また同じようなことを繰り返したら大変なことになる。それで、自分がお風呂当番の時には、マネージャーの富田亜樹さんに声をかけてもらうようにした。〝お風呂に水を張るのを忘れないように〟って」

剛は固まったように下を向いたままだった。

「チームメートの木ノ下くんに聞いたわ。お母さん、あれこれ面倒見のいい人だそうね。だから、周りのことを任せっぱなしにしてた。おかげで、ツヨシくんは寮に入ってから苦労することになった」

そこで剛が顔を上げた。

「おふくろのせいだ！」

興奮して大声を出した。

「俺がいいって言ってるのに、なんでも横から手を出すから、だから……だから、俺……」

ピチャン、雨の音。

「お母さんは、ひとり息子のあなたを、本当に本当に大切に思ったのね。だから、自分が外で勝ち気に働く反面、家に戻ると母親としての愛情を過剰なまでに息子に注いだ」

ピチャーン、ピチャーーン……

「外で仕事をしているという理由で、家事に手を抜くようなことはいっさいなかった。それどころか、あなたに不自由をかけさせないように普通以上に一生懸命になった。立派だと思う。けど、少し手を抜くくらいにして、ちょっとは息子にもやらせたらよかったのにね」

「そうなんだ！　だから、俺がこうなったのは、おふくろのせいなんだ!!」

ザーーー、雨の音が強くなった。

「それならベースを踏めないのもお母さんのせい？」

はっとして剛が顔を上げた。

雷鳴が轟いた。

龍神は雷雲を呼び、雨を降らせる、と〈音消し〉を見つめていた亮は思う。

「今日はゲストを呼んでるの」

ゆかりが赤いネイルをした指をパチンと鳴らした。

綾瀬が奥のドアを開くと、西山敦子が現れた。

「母さん！」

驚いて剛が声を上げる。

「……ツヨシ」

敦子が言った。

「こちらの方からみんな聞いたよ」

と、綾瀬のほうを見る。

綾瀬が頷いた。

敦子が続ける。

「あんた、大変なことになってるんだってね。母さんが悪かった。みんな母さんがいけないんだ。あんたが外でもやっていけるように、母さんがちゃんとしなくちゃいけなかったのにね」

「母さん……」

剛が肩を震わせて泣き出した。

「本当にそう?」

とゆかりが言った。

「みんなお母さんが悪かったの? なにもかもお母さんのせいにするつもり?」

ゆかりが龍神の手箱のフタを開けた。目を閉じている彼女の顔を白い光が下から照らす。

そうして、亮は思う。あの中にはパンコがいるのだ、と。

「家にいた時は、お母さんがいろいろ世話を焼いてくれたかもしれない。〝鍵持った？〟とか〝忘れ物はない？〟とか」

ゆかりが白い光の中で語りかける。

「一度ベースを踏み忘れたあなたは、またいつか踏み忘れるのではないかとびくびくしてた。けれど、お風呂の当番とは違って、そんなことをチームメートに頼めるはずもない。また同じ失敗をするんじゃないかと思っているうちにまた踏み忘れた。ある時は、踏み忘れたような気がしてアウトになった。そのうちにどんどん深みにはまり込んで、ついにはベースを目前にして足がすくんでしまった」

「おおおぉ……」

剛がうめいた。

「チャンスで自分の出番が巡ってきた時、チームメートに向かってなんて言うのってあなたに訊いたよね。その時、ツヨシくんは〝みんな行こうぜ〟って応えた。でも、これからのあなたには、もっとほかの言葉があるはず」

剛がはっとなった。彼の中で音が鳴ったようだ。

「それを言うの。言葉にすることで、入り込んでいる深みから自分で脱出するのよ。あなたが本当に口にしなければならないことを、お母さんに向かって言って！」

ゆかりの身体が発光し、太い光の束が放射された。光は剛を激しく貫いた。

剛は衝撃によろめいたが、すぐさま体勢を立て直し、大きく深呼吸した。そうして、敦子に顔を向ける。

「だ、だ、だいじょぶ、だいじょうぶ、大丈夫……俺に、俺に……」

途方にくれたようだった剛の顔に生気が戻っていた。

「俺に任せろ！　俺に任せろ！　俺に任せろ!!」

「鳴りました。縁日到来」

ゆかりが龍神の手箱を閉め、目を開けた。

「それが、あなたの鳴らなかった音。この音はね、野球のボールよりも硬い言玉になっていたの。でも、今解き放たれた。あなたは、もう人に頼ってる場合じゃない。これからは、自分こそがチームを引っ張っていかなくちゃ。陽気なムードメーカーじゃなく、自信を持ったリーダーとしてね」

「ゆかりさん……」

剛はまるで憑き物が落ちたようだった。

「もうそういう立場にいるんでしょ、チームにとって」

剛がしっかりと頷き、今度は敦子に向かって言った。

「母さん、心配かけてごめん。でも、俺、これからはひとりでやれるから」

「剛……」

「今度試合観にきて」

「そう。ツヨシくん、これからはあなた次第よ。あたしにできるのは、乱れていた心の音を整えることだけなんだから」

ゆかりが言った。

9

ホームチームの入る一塁側ベンチ上のスタンドから、ゆかりは紅坂高校のグラウンドを見つめていた。

練習試合とはいえ、迎え撃つ相手は、甲子園出場を争う同じ東東京地区のライバル校だった。予選を勝ち上がれば、必ず激突する。この時点から相手を圧倒し、苦手意識を持たせる必要があるのだ――とは、隣にいる亮の解説による。

綾瀬が野球に興味があるのかどうかは分からない。ただ、黙ってグラウンドを眺めている。

少し離れたところで、敦子も試合の行方を食い入るように見つめていた。

先日の宣告どおり、野球部の監督は剛を先発出場させなかった。敦子は祈るような気持ちで息子の登場を待っているのだろう。あるいは、このまま、出なくていいと考えているかもしれない。そうすれば、失敗する場面を見なくて済む。

ゲームは二対四で紅坂高劣勢のまま九回裏に至った。中軸の剛を欠いた打線は決定力不足で、走者をスコアリングポジションに置いても、ホームに返すことができないでいた。

最終回、三人のランナーがすべての塁を埋めたところで、紅坂高のベンチが動いた。伝令が主審のもとに走り、代打が告げられた。

剛がダグアウトから姿を現す。

敦子の表情が不安と期待でないまぜになった。

「剛、ホームランはいらないぞ。走者一掃のスリーベースでサヨナラだ」

亮がぼそりと言う。

「っしゃー！　任せろ‼」

剛がベンチに向かって大きく吼えた。

＊

タンクトップのゆかりは、テーブルの上に置いた両腕に自分の顎を載せ、目の前にいるパンコを見つめていた。

「ツヨシくんはやったよ」

ゆかりがつぶやいた。

「任せろって言って、その言葉通りに打って走った。三つのベースをしっかりと踏んで、ね。あたしも、あんたから自立しないといけないのかも」

彼女はパンコの鼻をつついた。

「それにね、あたしの中の龍神を天上に帰せば、普通の女の子になれるんじゃないかって……ほら、男の子と一緒に渋谷を歩いたりするようなさ。そんなことも考えてるんだよね」

第五章

抱けない赤ちゃん

1

音無ゆかりはパンコと一緒に外を眺めていた。窓の向こうには紅坂《べにさか》クイーンズホテル新館の高層建築が迫っている。眼下には、ホテル旧館の屋敷を囲んで繁るヒマラヤスギの緑が箱庭のように見える。

少女だった自分は、かつて父と母に連れられ、よくその白亜の屋敷のラウンジでひと時を過ごしたものだ。ケーキを食べる自分を、お茶を楽しみつつ見つめる両親の愛に満ちた表情が今も脳裏に焼きついている。

そうして、その一片の思い出の光景は、ゆかりの心をいつだって和ませる。そのあとに、必ず痛みが伴うのだが……

その時、来客を告げるインターホンが鳴った。

「川野菜曜子《かわのなようこ》です」

彼女は二十代後半で、美人といってよく、なによりとても疲れているように見えた。

ゆかりはいつものように曜子を〈音聞き〉の間に通していた。

「わたし、ワラにもすがる思いでご相談にうかがいました」

「あたしはワラなわけね」

ゆかりが言うと、曜子は困ったような顔になり、

「ごめんなさい。神霊伺《しんれいうかが》いのようなお仕事をなさる方のお住まいが、こうした都心の高層マンションにあったり、それに先生があんまりお若いので、戸惑ってしまって」

そう言ってつくづくこちらを眺めている。

赤いミニドレスに着替えたゆかりは不服げに言った。

「巫女《みこ》のように白装束でいるとでも思った？　それから、あたしは〝神霊伺い〟なんかじゃない。〝先生〟って呼ぶのもよして」

曜子が面喰らっているようなので、今度はくすりと笑って言ってやった。

「さてと〈音聞き〉を始めるから」

2

ニット帽にパーカーのゆかりがパン・アメリカンのドアを押すと、カウンターにぽつりと綾瀬が座っていた。

「あらマスター、なんだか寂しそう」

「姫！」

振り返ったその顔が、やたら人恋しげだった。

「そっかー、亮くん、休みもらって九州に帰ってるんだったね」

ゆかりは綾瀬の隣のスツールに腰を下ろす。

綾瀬が身を乗り出すようにして、

「おや、姫がここにいらしたってことは、また誰かが縁日台を訪ねたということですね？　まさかホットドッグを食べにきたわけじゃないんでしょ」

「そういうこと」

ゆかりが吐息をもらした。

＊

「わたし、自分の子どもに触ることができないんです」

と川野菜曜子が言った。

「どうしても触れることができないんです。自分が産んだ子どもにです。自分がお腹を痛めて産んだ子どもに……」

ゆかりは、曜子の話をじっと聞いていた。

「昨年生まれた子なんです。ですから、まだ一歳にもなっていません。女の子です。名前は、ちさといいます。病院を出て、ちさとを連れて家に戻ると、間もなくあの子の世話をするのが嫌になりました。いいえ、単に世話をしたくないというだけでなく、あの子の顔に、腕に、肌に、触れたくないという感情が働くんです。その気持ちは日に日に強くなって、耐えられないものになっていきました」

曜子の瞳に涙が浮かんでいた。

「最初は平気だったんです。あの子を産んだ病院でも、みんなから私にそっくりだって言われて、とても嬉しくて……」

曜子がそこで一瞬言葉を途切らせ、続けた。

「でも、なぜか突然、触《さわ》れなくなってしまったんです。ミルクをあげることも、おむつを替えることも、抱いてやることもできなくなって……それどころか、ちさとのどこかに指先が触れるだけで鳥肌が立って。それでも必死で手を伸ばすんですが、冷や汗が出て、叫び出しそうになるんです。あんなに……あんなにかわいい子なのに。わたしの子なのに……」

ゆかりは赤い革張りのソファにゆったりと身を委ねていた。

「今、ちさとはわたしの実家に預けています。あの子の世話は、実家に頼んでいるんです」

ゆかりは、声に出さない音を聞き取ろうとする。

「実家？」

「ええ、実家です」

「そのご実家では――」

ゆかりがそう言うのを制するかのように、

「実家は杉並にあります」

曜子が言った。

「ああ……杉並ね、そう。ところで、赤ちゃん――ちさとちゃんは、誰が面倒を見てるの、そのご実家で？」

ゆかりの質問に、なぜか曜子が怯えたような表情を見せた。

「あなたのお母さんかしら、ちさとちゃんの世話をしてるのは？」

曜子がこくりと頷く。彼女の中の言玉が、ひんやりと感じられた。

「わたし、やっぱり子どもを産む資格なんてなかったんです」

ゆかりは曜子に訊いた。

「ご実家には、あなたのお母さんのほかに誰が住んでるの？　ああ、ちさとちゃんがいるのは別にして」

「……ひとりです」

曜子の言玉が、もはやはっきりとした存在を現した。

「お母さんひとりということなのね？」

曜子が頷く。

「お父さんは？」

曜子の表情が悲しげなものに変わった。悲しげ、というより苦渋に満ちていた。

「父は早くに亡くなりました」

ゆかりは、さらにたたみかけるように訊く。

「ご主人は？」

「え？」

「あなたのご主人はどうしているの？　あなたがちさとちゃんに触れないことは知ってるんでしょう？」

曜子が首を振った。

「夫は知りません。タイに単身赴任中なんです。一時帰国して、出産に立ち会い、またすぐにバンコクに戻りました。忙しい仕事の合間を縫って、たったひと目であっても、どうしても自分の子どもの顔が見たかったようです。彼、とても楽しみにしていたんですよ、子どもが生まれるのを。わたしたちの子どもが生まれるのを……」

彼女の頬を涙が伝った。

「わたしも……わたしだって、待ち望んでいた子どもだったはずなのに……。わたしがちさとに触れることができないなんてことを知ったら、あの人はどんな思いをするかしら……」

＊

「なるほど、自分の子どもに触れない、ねえ」

と綾瀬。

「マスター、川野菜曜子の身辺を調べてほしいの。まず、夫のことなんかを」

「うっひょー、待ってました！」

なんだか浮き浮きと嬉しそうだ。亮くんがいなくて、この人はほんとに寂しいんだな、とゆかりは思う。いっつも小生意気な茶々を入れられては怒ってるくせに。

曜子は〈音聞き〉の最後にこんなことを言っていた。

「夢の中でわたしはちさとを抱きかかえています。夢の中では、わたしはちさとを抱くことができる。けれど、ちさとの愛らしい顔には粗くてこわいひげが生えていて、頬ずりすると、それがわたしの肌に突き刺さります。やがて、わたしの頬から血が噴き出すんです」

3

綾瀬が、真紅のジャガー・セダンを桜並木の小道に停めた。

いつものように広い後部シートに、ニット帽のゆかりはひとりで座っていた。

「川野菜曜子の亭主の身辺を洗ってみたんですがね」

左ハンドルの運転席にいる綾瀬が半身を後ろに向けてゆかりに言った。

「仕事熱心な、まじめな男のようですな。穀物会社の主任研究員で、タイのバンコクに単身赴任中だというのも間違いありません」

「そう」

と、ゆかりは言った。彼女は道の反対側に立つ古い平屋の家を眺めている。そこが曜子の実家だった。

綾瀬が報告を続けた。

「川野菜夫婦は職場結婚ですね。曜子は以前、亭主と同じ会社の総務部に勤めていて、結婚と同時に退職してます。曜子が身ごもったのは結婚してだいたい一年くらい経った頃ですね。亭主のバンコク行きが決まった時は曜子が妊娠八か月。初産ということもあるし、まあ、母親の近くにいたほうがいいだろうってことで、彼女は日本に残った」

「ふーん。出産の前後、曜子は母親に面倒を見てもらってたんだね」

ゆかりの言葉に綾瀬が不思議そうな表情をした。母親が出産する娘の世話をするのは当たり前だろうといった顔だ。

ゆかりは黙ったまま、再び曜子の実家を眺めた。曜子が産んだ、まだ幼いちさとと、曜子の母親が暮らす家。軒下ではツバメが巣をつくっていた。

気持ちよく晴れ渡った日で、桜の樹の下に停車したジャガーの磨き上げられたボディヤフロントガラスで木漏れ陽が網目を形づくるように揺れていた。

「曜子の母親については当たってみた？」

ゆかりは相変わらず曜子の実家に目を向けたままで訊く。

「母親は佐合菊江《さごうきくえ》、五十一歳です。菊江の夫——曜子の父親、謙作《けんさく》は、曜子が言ってたとおり、彼女が幼いうちに死んでます」

「病気？　それともなにかの事故？」

「それが自殺してるんですよ」

と綾瀬が応えた。

——父親が自殺。

その言葉は、ゆかりの心に暗い影を落とした。

彼女は気を取り直し、

「自殺の理由は？」

と訊いた。

「改めて調査します」

綾瀬が言って、

「それには、あるスジの情報を必要とするな」

ぼそりとつぶやくと、気が重そうな表情でふたつに割れた顎の先をぽりぽりかいた。

「どうしたの？」

「いや、ちょいとばかり会いたくない知り合いに頼らなきゃならないんで」

4

紅坂警察署の二階にある刑事課のドアを開けて入ってゆくと、その場にいた屈強な私服の警察官らが綾瀬をさっと取り囲んだ。

「なんだ、きさまは⁉」

「部外者は立ち入り禁止だぞ！」

そのうちのひとりがいきなり胸ぐらを掴んできた。

熱い怒りがさっと沸き立ち、憎帽筋《そうぼうきん》が勝手に盛り上がった。後先考えず、叩きのめしてやろうかと思ったその時、

「やめとけ！」

虎のような一喝が響いた。

「おまえら、ケガする前に、その男から離れろ」

「しかし、係長……」

係長と呼ばれた男は身長一七〇センチほどだが、座っていても全身が鎧《よろい》のような筋肉に覆われているのが分かる。剃り上げた頭が天井からの照明にてかてか光っていた。

「いいんだ。そいつは俺の客だ」

そう言うと、綾瀬に向かって手招きした。

「ネコさん、ご無沙汰してます」

綾瀬は直角に腰を折る。

男は、紅坂警察署刑事課強行犯係係長、金子警部補。カネコから〝カ〟を取って〝ネコさん〟が通称だ。ただし、当人は猫というよりも虎である。綾瀬とはかなり昔からの知り合いだった。

「相変わらず公務員らしからぬ装《よそお》いですね」

金子は、しわひとつないピンクのスリーピーススーツを着ている。黒と白のコンビネーションのウィングチップを履いた両足を机の上に載せ、椅子の背にもたれていた。

「本当のシャレ者は裏地《ライニング》に凝る」

金子が、上着の前を開いて見せた。そこには竹やぶに虎の精緻《せいち》な刺繍《ししゅう》が施されていた。

「そのキザなヘアスタイルも、オシャレさんの証《あかし》ってワケですか？」

綾瀬の言葉に、金子が自分のスキンヘッドを撫でる。

綾瀬は、先ほど金子が上着の前を開けた時、左脇の下に革製のホルスターがあるのを見逃さなかった。周りにいるデカらも、ワイシャツ姿の者は皆拳銃を携帯しているのが分かる。

「うちの連中には常にああしてチャカサックを付けさせてる。強行班は即応性を求められる部署だ。抜くべき時には抜く、撃つべき時には撃つ。それをためらわせないよう常時持たせてるんだ」

その標的にだけはなりたくないものだ、と綾瀬は思う。

「警察《カイシャ》の銃器がスミス&ウェッソンのM37エアウェイトに替わった。フレームにアルミが使われてて、俺にはどうも軽すぎる。相変わらずニューナンブを持ってるが、装備課に嫌がられてる」

「アメリカのS&W社よか国産のチャカが手に馴染むなんざ、ネコさんは国を護るというサツ官の正体そのままじゃないですか」

そうからかったら、「ふん」と鼻の先で笑っていた。三百年振りに目にするこの男の笑顔だった。

「ところで、コンビニのスイーツにいい出物がありますよ」

自分と同じく甘党の金子に、とっておきの情報を与えることで気を惹くことにした。

「ロ－ピョンの『セレブ杏仁豆腐《あんにんどうふ》』です」

「なに⁉　ロ－ピョンなら、『リッチなザッハトルテ』で決まりだろ！　あの生クリームを添えたやつ」

金子の表情が色めき立つ。

「いやいや、あの杏仁豆腐、一度ネコさんにも試してもらいたいな。マンゴーのピューレソースがたまりませんから。あれで消費税込みの二百十円はお値打ちですよ」

「ふむ、じゃ、一度食ってみるか。ガセネタだったら、てめえ、ただじゃおかんからな」

綾瀬は自信満々の笑みを返す。

「ところで、なんの用だ？　スイーツ談義をしにきたわけじゃあるまい」

金子が両手を組んで、ぶ厚い胸板に置いた。ピンクのベストのVゾーンに金色の幅広のネクタイが覗いている。

「ネコさんは、昔、杉並署にいたって言ってましたね」

金子が無言で頷いた。

「佐合謙作って男の自殺について、なにか覚えてることはありませんか？」

「もう二十年も前の話だな。だが、覚えてるよ。ただの自殺事件じゃなかったんでな」

「ただの自殺じゃない？」

「いや、ひと言で言やあ、仕事に悩んだ末のひとりの男の鉄道自殺。本人には気の毒だが、それだけだ。しかし、そこに、一家四人心中が絡んでることから強く印象に残ってるんだ」

金子が胸の上で組んでいたごつい両手を、頭の後ろで組み直した。上腕《じょうわん》の筋肉が膨らみ、スーツの袖が張り詰めた。

「当時、佐合が勤めていた家電品メーカーの経営は二進《にっち》も三進《さっち》も行かなくなってた。佐合は、上からのテコ入れ命令で、傘下の部品工場を泣く泣く潰した。家内工業に近い小さな工場で、佐合もそこの経営者とは昵懇《じっこん》にしていた。罪の意識にさいなまれていた佐合が、その経営者宅を訪ねて目の当たりにしたのは、首吊りした一家四人の遺体だった」

綾瀬は小さく息をついた。

金子が話を続けた。

「おそらく両親は、幼い男の子と女の子の兄妹の首を絞めることができなかったんだろうな。眠っている小さな身体を抱きかかえ、鴨居に吊るしたロープに首をかけた。そのあとで自分たちも……四人は、大小四つのテルテル坊主のようになってぶら下がっていた。打ちひしがれた佐合は、一家の葬儀を済ませると自らの命を絶つ。ホームに入ってきた電車に飛び込んでな」

　そこで金子が話題を変えた。

「こっちも訊きたいことがある。少し前、隣の管轄だが、雑居ビルで派手な立ち回りがあった。ところが、殴り込んだのは、たったふたり。それも丸腰だったっていうんだから、相手の連中も面子《メンツ》があって大っぴらにしてねえ」

　金子がじっと綾瀬を見ている。

「男の一方はバカでかかったって話だ」

「バカでかいねえ」

　綾瀬は顎をかいた。

「現場には、赤いヒラヒラの服を着た若い女がいたって目撃情報もある。たぶん男のひとりは、おまえのやってる店にいる耳に輪っかをくっ付けた若けえ《わ》やつ。そして、女だが――」

　金子の目が一瞬、なにかに思いをはせるような色になった。

「あの子、ゆかりちゃん――また、こっちに戻ってきてるっていうじゃねえか。あれから七年。十八になってるのか、あの子も」

　綾瀬は黙っていた。

「おまえが、バーのおやじのかたわら、探偵めいたことをしてるのは知ってる。そして、しばらく休んでいたその副業を、最近になって再開したようだってことも」

金子が背広の胸ポケットに挿していた金色のチーフの形を整えてから、

「おまえはこれまで、たいてい物事の正しい側に立ってるようだ。だがな綾瀬、俺の所轄《シマ》で法に背くようないざこざを起こせば、ただではおかんからな。たとえ、その相手がクズみたいな連中であったとしても、だ」

金子の視線が鋭くなった。

綾瀬は無表情のままでいた。

「久し振りにあの子のことを思い出したよ。ゆかりちゃん――本名、縁日の〝縁〟と書いて音無縁《ゆかり》。当時、十一歳だった彼女が、ぬいぐるみのクマを抱いて血の海の中に立ってたことをな」

5

入来亮は九州に帰ってはいなかった。関門海峡を渡らずに山口県下関の港町を歩いていた。

そうして、馬関《ばかん》の海を見下ろす山の中腹に、その屋敷を見つけた。

切妻屋根の載った大きな門には、〔縁日台下関支部〕という看板がある。

――マジかよ⁉

大きな石灯籠《いしどうろう》を左手に見ながら庭園の飛び石を伝い歩くと、総檜《そうひのき》の屋根を頂いた伝統的和風建築の玄関に行き着いた。

思い切って遣《や》り戸を開ける。

その途端、

「誰じゃ⁉」

背後で大声がした。

振り向くと、小柄な老人がこちらを睨みつけている。真っ赤な和服姿で、亮は愛好するテレビの演芸番組『笑々《しょうしょう》』の大喜利の座布団運びを連想した。

少なくなった白髪をひとつに結んだ老人をぽかんと見下ろして亮は、

「もしや、あなたが鳴物師の――」

言いかけると、

「音無喜久蔵《きくぞう》じゃ」

老人が名乗った。

喜久蔵は真っ赤な雪駄《せった》を履いている。綾瀬が考案したゆかりのコスチュームの原点がなんとなく分かったような気がした。なんとなくだが……

喜久蔵に広い邸内の一室に案内された。そこには、寿司屋の付け台のような白木のカウンターがあった。

「下関の天然トラフグを自らさばき、舌鼓《したつづみ》を打ちたくて、ここに居を構えたんじゃ。こっちでは、福にかけてふくと呼ぶんじゃがな。わはははは」

「はあ」

亮は拍子抜けしたように応えた。

「フグの刺身はてっさ、フグ鍋はてっちりという。〝てつ〟は鉄砲の意味じゃ。どうしてか分かるか？」

「さあ」

「当たると死ぬからじゃ、わはははは」

そこで亮を見て、

「おまえ、腹減っておるか？」

「はい」

早朝、羽田で飛行機を待つ時間にサンドイッチを食べただけで、昼飯もまだだった。

「フグは猛毒を持っとるからの」

「それをご自身でさばくんですか？」

「そうじゃ」

「あのー、調理免許なんかは……」

「そんなもん、自分が食うんじゃから必要ないじゃろ」

亮はぞっとした。

「安心せい、腕は確かじゃ」

喜久蔵が、にかりと笑った。

「とはいえ、今はフグの季節ではない」

付け場に立った喜久蔵が、自分の身の丈の半分ほどある鯛《たい》の尾を掴み上げて見せた。

「六キロの天然鯛じゃ」

喜久蔵は見事な手さばきで、鯛を三枚におろし、昆布締めにした刺身と、醤油とみりんで甘辛く炊《た》いたかぶと煮を大皿で出した。

そして付け台の亮の隣に座ると、茶わんのようなぐい呑みに地酒の辛口を注ぐ。

「いただきます」

亮は、厚切りにした刺身をひと切れ食べてみた。すると、経験したことのない美味が口中に広がった。

「この、しっかりとした歯ごたえ。端麗《たんれい》で、しかも深い味わいがある。これまで食ってきた鯛とはまるで別物だ」

「わははは、おまえ、この鯛の味が分かるか？」

喜久蔵が嬉しそうに訊いてくる。

「いちおうバーテンダーなんで」

「そういえば恭一郎の店で働いとると言っておったな。では、ゆかりの仕事も手伝っておるんじゃろうな？」

「はい。実は、こちらに伺ったのも、ゆかりさんのことについてなんです」

喜久蔵の表情が変わった。

「あの子になにかあったのか？」

「なにかあるのなら、それをどうにかできないものかと思って」

亮は言い、

「彼女を捉えている呪縛って、いったいなんなんでしょう？」

単刀直入に訊いてみた。

喜久蔵はしばらく無言でぐい呑みを舐めていたが、やがて、

「龍神の化身の若武者の話は知っておるか？」

「マスターから聞いてます」

「それなら話は早いな」

喜久蔵は再び酒を口に含むと、

「あの子の父、龍児《りゅうじ》はな、その若武者の面影をひときわ色濃く受け継いだ鳴物師じゃった。黒髪をひとつに束ね、和服に身を包んだ立ち姿は、我が息子ながら、あの伝承の若武者もかくやと思ったものじゃ。なにより龍児の背中には生まれながらに鬣《たてがみ》があった」

「龍神の鬣ですね」

喜久蔵が頷く。

「いにしえの鳴物師が雅楽の囃子方のように笛や太鼓をよくするのは聞いておるじゃろう。龍児の鼓《つづみ》も素晴らしかった。もちろん鳴物師としての力も絶大じゃった。時代の流れの中で、縁日台の土地を整理し、あのような高層マンションをゼネコンと共同経営するようなビジネスセンスも兼ね備えておった。おかげでわしも、このように楽隠居をきめ込むことができた」

そこで喜久蔵は持っていたぐい呑みを置いた。

「ある晩のことじゃ、龍児は、嫁のしをりに鼓を聴かせていた。それが突然、床の間にあった龍神の剣《つるぎ》の鞘《さや》を払うと、いきなり袈裟懸《けさが》けに嫁を斬りつけた。しをりは即死じゃった。ただならぬ気配に、部屋に入ってきたゆかりにも、赤い眼《まなこ》をした鬼の形相の龍児が襲いかかる。兇刃《きょうじん》が、ゆかりの抱いていたパンを真っぷたつにした」

「あれ？　パンコじゃないんですか？　クマのぬいぐるみでしょ？」

思わず亮は口を挟んだ。

「斬られたのは、パンじゃよ。それにクマではなく、白クマじゃ。口の横がちょっと切れた小さいほうがパンコじゃろ」

パンコは白クマだったのか！　ゆかりが長年連れ歩いてるうちに、あんな色になったっていうわけか。亮はヘンに感心した。そうして、切り裂かれ、ゆかりの母親の血で染まったパンのことを思った。

「パンは、子どものパンコを抱っこしておって、その白クマの親子を抱いていたおかげでゆかりは助かったんじゃ」

「なるほど、二重に防御されてたわけですね」

「愛娘の身代わりとなったぬいぐるみを見て、龍児は我に返ったんじゃろう。次にしたことは、剣の切っ先を自分の心臓に向けることじゃった。その顔からは、もはや鬼は去っていた」

話を聞いていて、亮は胸が悪くなってきた。

「――それが、大方の見解じゃ」

「どういうことです？」

「なにしろ、人々が駆けつけた時、ふたりの亡骸《なきがら》の間にゆかりだけがひとり立っていたのじゃからな」

「もしや、龍児さんは自殺ではなく、ゆかりさんが……そんな疑いもあるんですか？」

「龍児だけではない」

「まさか、しをりさんのことも――しかし、それはありえないでしょう！　なにしろ当時、ゆかりさんは十一歳だったんですよ‼」

「そんなことは分かっとる。十一歳の女の子にとうていできる所業ではない。だから、先ほどわしが話したことが、警察も含めた見方だと言ったのじゃ。だがな――」

　と喜久蔵はいったん言葉を区切り、

「――だがな、その警察の検証にしても、龍児がいったんはゆかりに向けていた刃《やいば》を自分に突き立てた、本当のところの心理までは分からんということだ」

「つまり、ゆかりさんの持っている、なんらかの力が働いたのでは、と思っているのですね？」

　喜久蔵が頷いた。

――なんということだ！　そんな過去がゆかりさんにあったのか‼

「あの場で起こったことを、ゆかりがどれほど記憶しているかは分からん。しかし、あの子は、パンコの口の横の傷を自分で繕《つくろ》うと、すっかり心を閉ざしてしまった」

　亮は、パンコの口の横にある、笑っているような三日月形の縫い目を思い出した。

「その後は、わしがあの子を引き取り、ここで暮らしたんじゃ。小学校の残りと、中学、高校と通わせた。しかし、卒業を待たずに家出同然に飛び出してしまったよ。あの忌まわしい部屋の隣で暮らすと言うんじゃ」

喜久蔵が肩を落とした。

「4400号室の隣の4401号室ですね。今、4400号室はどうなっているんです？」

「畳替えし、家財道具はすべて処分して、龍神の剣だけが安置されておる。あの太刀は、野武士を殲滅《せんめつ》したという伝説の剣じゃった。龍神の逆鱗でできていると伝えられとる」

「ゲキリンて、龍のうろこですよね。それに触ると怒って殺されるっていう」

「龍神の喉もとに一枚だけ逆さに生えとるうろこじゃ」

喜久蔵が話を引き継いだ。

「龍神の剣は、長い切っ先、広い身幅に美しい斑紋《はんもん》を持つ業物《わざもの》じゃが、血を吸いすぎ、もはや妖刀《ようとう》と化しておる」

亮は少し考えてから、

「ゆかりさんは、なんでまたひとりで龍神スカイタワーで暮らそうと思ったんでしょう？」

「あそこで暮らすことで、あの時、実際になにが起こったかを知ろうとしているんじゃろうな」

喜久蔵が再び付け場に立ち、

「どれ、鯛茶漬けでもこしらえてやるか」

亮に背を向けると鍋を火にかけた。

「あ、どうぞ、もうおかまいなく」

しかし、老人はそれには応えることなく、背中を向けたままでいた。そうして肩を震わせ、声を押し殺して泣いていた。

6

佐合家の軒下の巣では、ツバメのひなが孵《かえ》っていた。まだ目の見えない数羽のひなたちが、ぽやぽや産毛の生えた小さな頭を覗かせている。親ツバメはエサを探しに行っているらしく留守だ。

ひな鳥は、近所の人声や郵便配達のスクーターの音に反応しては、一羽が鳴くのを合図にほかもいっせいに首を伸ばし、大合唱を始める。

親ツバメが戻ってきた。だが、エサはくわえていない。食べ物が獲れなくても、きっと心配で時々様子を見に帰ってくるのだろう。ひな鳥のほうも目が見えないながら、親が戻ってきたことが分かり、嬉しいのか一心不乱にあらん限りの声で鳴いている。

親ツバメが、またエサを求めてひらりと飛び去った。

綾瀬はジャガーの運転席からそれを眺めていた。

その時、家の縁側のガラス戸が開いて、赤ん坊を抱いた婦人が現れた。

綾瀬は振り返って、

ゆかりに向かって言った。

「佐合菊江です」

「抱かれているのが曜子の娘、ちさとってわけか」

ゆかりが菊江を見、彼女に抱かれているちさとに視線を送った。

菊江は、赤ん坊に軒下のツバメのひなを見せているらしかった。

孫を抱いている時、菊江はそれなりに幸せそうだ。たとえ自分の娘がツバメのように子育てができなくても。その事実はさて置いて孫は愛しい。あるいは、今この一瞬、菊江はそうした悩みを忘れているのかもしれなかった。

菊江は容姿のいい婦人だった。すみれ色のワンピースは手製のものだろう。質素なつくりだ。それでも彼女は充分にきれいだ。普段着で、彼女と孫だけしかいない古い家のささやかな庭にいて、彼女は美しかった。

だが、その美貌は、曜子の美しさとは異質のものであるように綾瀬には思えた。

――似てない母娘《おやこ》だな、菊江と曜子は。

その時ゆかりが、

「菊江が幾つの時、夫の謙作は自殺したの？」

「二十年前だから、えー、三十一歳の時ですね」

綾瀬は応えた。

「それから菊江はずっとひとりでいるわけ？」

「そうなりますね」

「菊江のプライベートは？」

「男関係ってことですか？　当たってみましょうか？」

「そうね。過去も、今も」

その時、通りがかりの男が、庭で赤ん坊を抱いている菊江にイヌツゲの垣根越しからなにか言った。

「あら」といった感じで菊江が男に気づき、そのまましばらくふたりで談笑している。

「えーと、あれは菊江の義理の弟ですね」

綾瀬はゆかりに言った。

「義弟《おとうと》?」

「ええ。自殺した亭主の弟で、佐合真人《まさと》。画家だそうですよ。もっともそれほど高名ではないらしいんですが」

ゆかりが、菊江に向かって微笑みかける真人の横顔を凝視していた。

真人はひげの濃い質《たち》らしく、肉の薄い頬が影を射したように青い。綾瀬には、こうして見ていて、曜子の顔立ちが、むしろ真人に似ているような気がした。

やがて真人は垣根伝いに玄関に回り、菊江は彼を迎え入れるために家の中に消えた。

「車出していい。帰ろ」

ゆかりが言った。

「え? もういいんですか?」

「うん」

綾瀬はフロントガラスから桜並木の青葉を見上げるとエンジンをかけた。そして、

「この桜が満開の時は、きっとキレエなんだろうな」

のんびりつぶやいた。

7

亮がパン・アメリカンのドアを開けると、綾瀬がひとりぽつんとカウンターに座っていた。

その後ろ姿を見て、亮は笑みが込み上げてきた。下関土産のふくの一夜干しをカウンターに置く。

それを見た綾瀬が、

「なんだ、九州に帰ってたんじゃないのか?」

「音無喜久蔵氏に会ってきました」

「先々代に⁉　じゃあ——」

綾瀬がすべてを察したようだった。

亮は頷いた。

ふたりでしばらく黙っていた。

「しかし、分からないことがあるんです」

と、亮は訊いてみた。

「なぜ、龍児氏は、あんなことを……」

「龍神は、すでに五百年以上、天上界に帰れないでいる。そのために逸《はや》ったか、あるいは、〈音聞き〉と〈音消し〉に失敗したかで、龍神に熱い玉を握らせてしまったのかもしれんな」

「熱い玉……」

「龍神に必要なのは、数多《あまた》の冷えた玉であって、手っ取り早く飛べる熱い玉ではないってことさ。龍神は、地上で人々の悩みや惑いを集め、それを浄化するために天上へと向かう。飛翔するために必要な顎の下の玉を散らせてしまった龍神は、地上で人々を救済することにしたんだ。冷えた玉は、悩める者を救った証だ。それをたくさん集めることで、天上へと帰れるんだ」

「冷えた言玉は人々を救った証――」

「そうだ」

と綾瀬が言って、

「ところが、先代は、龍神に熱い玉をつかませてしまった。あるいは、縁日台の土地をゼネコンと共同開発したことも、熱い玉に含まれるかもしれん。いずれにせよ、龍神の逆鱗に触れてしまったか、あるいは……」

「あるいは？」

「鳴物師は、常人には聞こえない音を聞き取る。あの晩、先代の中では、なにかの音が鳴り響いていたのかもしれん」

「ゆかりさんは、自分にも同じようなことがいつか起こるのではないか、そう思っているんですね？」

綾瀬が無言で頷き、亮も口をつぐんだ。

ふと亮は思った。もしかしたらゆかりは、あの時に自分を救ってくれたのがパンコだと思っているのではないか、と。龍児が振るう刃から身を守り、父の命を自ら絶たせたのが、自分の持つ力だと考えるより、そのほうがよっぽどましだ。

綾瀬の大きな手が、亮の肩をぽんと叩いた。

「明日、姫が〈音消し〉をする。おまえも来いよ」

亮は頷いた。

＊

喜久蔵とのやり取りで、綾瀬に言っていないことがある。綾取り師の存在だ。亮は、それを喜久蔵にぶつけてみた。

「綾取り師――それをおまえは誰から聞いたのだ?」

亮が宇目という大学教授のことを伝えると、喜久蔵の表情が厳しくなった。

「綾取り師は音無一族に深い恨みを抱いているはずじゃ。その足音が、だんだんと近づいてくるようにも思えて、わしはゆかりを手もとから放したくはなかったんじゃ」

喜久蔵がうつむき、首を振った。

「あのことがある数日前じゃった、龍児が珍しく電話を寄越した。それがな〝男に会った〟と言うんじゃ」

「〝男〟ですか?」

喜久蔵が頷いた。

「それは、どんな〝男〟なんです?」

「〝男の本性が分かった〟と、龍児が言ったのはそれだけじゃよ。しかし、息子の声は怯《おび》えているようでもあった」

絶大な力を持つという鳴物師を怯えさせる男とはなんだったのだろう?

「時代の陰に身をひそめ続けてきた綾取り師が、最強の鳴物師の死をきっかけに音無一族を根絶やしにしようと、研いできた刃《やいば》を向けてくるのではないか。あるいは、龍児の死そのものに、きゃつらがなんらかの形でかかわっていたのではないか……わしの嫌な予感が、ゆかりに及ばねばよいのじゃが」

喜久蔵がこちらを見据えた。

「ゆかりを頼んだぞ。守ってやってくれ」

亮はしっかりと頷き返した。そう、自分がゆかりを守るのだ。

＊

しかし、自分はなぜ、綾取り師のことを綾瀬に知らせないでおいたのだろう？　まず、その存在があまりにも曖昧模糊《あいまいもこ》としているため、というのがある。実在するのかどうかも分からず、現段階で問題視すべきかどうか？

それからもうひとつは、喜久蔵に直接頼まれたからだ。「ゆかりを頼んだぞ。守ってやってくれ」——と。

そして、なにより自分はゆかりを……

8

パン・アメリカンの黒と赤の店内で、曜子が悄然と立ちつくしていた。

「マスター、亮くん、〈音消し〉よ」

ゆかりの声を合図に、綾瀬と亮はいつものように行動を起こす。

龍神の手箱を捧げ持ったゆかりが現れ、店の中央へと向かう時、つむっていた片方の目だけを開け、ウインクするみたいに亮を見た。久し振りね、というように。

亮も人差し指と中指の二本を軽く右眉に当て、敬礼するみたいにしてそれに応える。

再び両目を閉じたゆかりは、手箱を胸の前まで下ろした。彼女の横顔が、闇に咲く白い花のようだった。

「曜子さん、真人叔父さんのこと、どう思ってる？」

ゆかりの言葉に、彼女がはっとなった。

「それが、今度のわたしの相談とどう結びつくんです？」

「この間、杉並のおうちに真人さんが訪ねてきてた」

「あなた、実家に行ったんですか⁉　いったいなんのために⁉　どうして、そんな覗き見みたいなことするの⁉　そんな勝手なことして、身辺調査なんて頼んでないわ」

さらに興奮して続ける。

「だいたい叔父なんて大嫌い。あのひげの濃い頬を、子どもの頃からわたしの頬になすりつけて……幾つになってもそんなふうにして……わたしが嫌がってるのを知ってるくせに」

「曜子さん、あなた、お母さんと真人さんが恋愛関係にあると思ってるでしょ」

曜子が大きく目を見開き、わなわな震え出した。

「あなたは、お母さんと真人叔父さんとの間に関係があって――」

「やめて！」

「――それが、お父さんが自殺した原因だと考えてる」

「やめてちょうだい！　もう聞きたくないわ。〈音聞き〉だの〈音消し〉だの、わけの分からないことを言って。あげくに叔父と誰が愛し合ってるですって？　……誰？」

曜子の表情が宙空になにかを探しているようなものになった。

「誰？　……誰なのかしら？」

ピチャン、雨の音がした。

「あなたは誰にちさとちゃんを預けているの？」

曜子はいやいやをするように首を振った。

「ちさとはどこ？」

ピチャーン、ピチャーーン……

「あなたは、菊江さんと真人さんの関係を疑ってる」

とゆかりが言った。

「きっと、あなたにそう思わせるような出来事がなにかあったんでしょう。ねえ、曜子さん？」

曜子は黙っている。

「あなたの中に疑惑が芽生えて間もなく、今度はお父さんが自殺した」

雷鳴が響き渡った。

「父親の死に直面して、母と叔父との関係は、あなたの中で、たんなる疑惑でなく明らかな事実になってしまった。父は、母と叔父とのことで絶望し、自殺したのだ、と」

曜子は青ざめてうつむいている。

「あなた、お父さんが死を選んだ理由について、お母さんに訊いてみた？」

彼女は黙ったままだった。

「では、お父さんが自ら命を絶った原因とはなんだったか——マスター、お願い」

綾瀬が、コホンとひとつ咳払いして金子警部補から聞き込んだ一件を語り始めた。

それを耳にした曜子の目からひと滴《しずく》の涙がこぼれ落ちた。そうして、ゆっくりと重い口を開く。

「父が自殺したのは、私が小学校の低学年の頃です。その前に目撃したことが、なにを意味するのか、その当時の私には分かりませんでした。いいえ、目撃などといっても、そもそもなにを見たというほどのことではないのかもしれません」

曜子が話し始めた。


その日、家の前の桜並木が満開だった。

小学三年生の曜子は、給食もそこそこに家へ戻ってきた。午後の音楽の時間にテストがあるのにリコーダーを忘れたのだ。

庭を囲むイヌツゲの垣根の横を急ぎ足で歩き、玄関へと回る。

「た、ただいま！」

だが、なんの反応もない。家の中はしんとしていた。

――お母さん、いないのかな？

廊下から磨りガラスの引き戸を通して見る茶の間の中が、昼だというのになんだか暗い。どうやら雨戸を閉め切っているらしい。

──どうしたんだろう？　外では桜があんなにキレエなのに。お母さん、買い物にでも行ったかな？

でも玄関の鍵はかかっていなかった。

曜子は茶の間の引き戸を開けてみた。すると、薄闇の中で、母と叔父の真人が寄り添うように座っていた。

母が驚愕したような表情を見せ、そのあとで立ちすくんでいる曜子を怒鳴りつけた。

「あんたって子は、こそこそ探るみたいにうちに入ってきて、どういうつもりなの⁉」

曜子はいつにない菊江の剣幕におののき、口をぱくぱくさせるだけで言葉が出ない。

──ちゃんと「ただいま」って言ったのに。

真人も、茶の間から暗い目をこちらに向けている。髭の剃り跡が、横顔に青く影をつくっている。

──どうして……どうして、叔父さんがうちにいるの？　叔父さんはお父さんとケンカして、うちには来ちゃいけないことになってるはずなのに。あの時、お母さんも、お父さんに叱られて……

呆然としている曜子に向けて母が、

「今日のことはお父さんに言っちゃダメ。絶対によ」

強い口調で言い放った。

曜子は、いたたまれずにそのまま家を飛び出した。

「真人叔父と父はなにかで激しく争って、それ以来、叔父は出入り禁止になっていたんです」

「あなた、その争いの原因がお母さんだとは思ってやしなかった？　ううん、それどころか、あなたは自分が、真人さんとお母さんとの間にできた子どもかもしれないとまで思いつめた」

曜子が捨て鉢ともいえる笑みを浮かべた。

「滑稽に思われるかもしれませんが、そう考えたりもしました。叔父は父の死後も、私の留守の時に訪ねてきていたようです」

「お母さんを訪ねてきていたのね？」

「ええ。だからといって、私の中の疑惑は常にあるわけではないんです。ただ、時々なにかのきっかけでパチンとスイッチが入るようにふっと湧き起こっては消える程度でした」

「もちろんお母さんとも、これまで普通に接していた」

「それはもちろん」

「しかし、今度ばかりは、スイッチが入ったまま戻らなくなった」

ってきた。

「そのスイッチはちさとちゃん」

そう言って、ゆかりが赤いネイルをした指を鳴らした。

「あなたは、自分が産んだちさとちゃんに、生まれたばかりの自分の姿を重ねてしまったの。自分がけがれた子だという疑惑を、それで、急にちさとちゃんが汚れたものに思えてきた。汚れた自分から生まれた汚れた子」

ゆかりの言葉に曜子は茫然と立ちすくんでいた。

「けれど、やはり、あなたのお母さんと真人さんの間には、あなたの想像するような関係はなかった。真人さんは、お母さんのところに相談に行ってたの」

「相談……？」

ゆかりが目を開け、綾瀬に向かって頷いた。

パン・アメリカンの主《あるじ》が奥のドアを開けると、ひとりの男性が現れた。広い額《ひたい》、高い鼻、彫りの深い高貴な顔は艶と張りがあるが、オールバックに整えた髪は真っ白で、それが男の年齢を分かりづらくさせていた。ひどく若くも、老人のようにも見えた。仕立てのよいチャコールグレイのスーツを身につけている。白いシャツにネクタイはなし。チョコレート色の靴を履いて、チョコレートの包み紙のような色の靴下を履いている。

「お連れしときました。こちら藤村《ふじむら》氏です」

綾瀬がゆかりに紹介した。

藤村は、曜子を見ていた。

「あんたが真人の姪の曜子さんか？」

曜子が頷き、藤村を見つめ返した。

藤村も無言で、曜子の姿を上から下にゆっくりと眺めていた。

「私は画商だよ。真人の絵も扱っている」

ゆっくりと口を開いた。

「今日、私はある証言を頼まれてここにきた。それはけっして愉快な内容のことではない。だが、私はさほど忙しい商売をしているわけではないし、真人の姪に会うことにも興味があった。ましてや、私がここに来ることで、その姪を救うことになると言われた——そこにいる黒い服の大柄な紳士に、だ」

それに応えるように向こうで綾瀬が両腕を広げた。

「曜子さん、あんたのことを助けることになると、だ」

藤村が曜子に向かってゆっくりとそう繰り返した。

彼女はもう藤村を見ていなかった。ほかのなにも見ることもなく黙っていた。

「あんたのお母さんと真人のことを疑っているようなら、安心していい。ふたりにはそうした関係はない。真人がお母さんにしていた〝相談〟とは、私とのことだろうから な。真人と私は、たんに絵描きと画商という関係だけではない——そう言ったら分かるかな？」

曜子が再び藤村を見た。

藤村もゆっくりと曜子を見返した。

ゆかりが龍神の手箱を開く。白い光が、彼女と曜子を照らした。

「真人は自分の性指向を時に嫌悪していたようだよ。それで、あんたのお母さんに相談していた。お母さんは、なにかのきっかけですでにそのことに気づいていたようだ」

藤村が曜子に微笑みかけた。温かく親密な笑みだった。

「素晴らしい女性だよ、あんたのお母さんは。偏見のない、心の広い女性だ。同性愛は異常なことではなく、異性愛ではない愛情であることを理解してくれていた。相談に乗る時には、真人が話しやすいようにと、部屋を暗くして、静かにそっと耳を傾けてくれていたらしい。あんたの親父さんに私とのことが知られ、お宅への出入りが禁止になってからもそれは変わらなかった」

曜子は目を見張ったまま立ちすくんでいた。

「あなたは、ちさとちゃんを誰に預けているの？」

ゆかりが彼女に問いかけた。

鳴物師の身体から、白い光が放たれた。その光は、うねりながら立ち昇り、やがてひとつの形になった。

「あれを見ろ！」

綾瀬の声が聞こえた。

「……龍だ」

亮もつぶやいていた。

龍神は赤い眼《まなこ》でそこに集《つど》った者たちを睥睨《へいげい》すると、五つの爪で曜子を貫き、言玉を抜き取った。そうして、白亜紀の肉食獣のような凶暴な牙を剥き出し、地鳴りのごとく咆え猛《たけ》ると、再びゆかりの中に姿を消した。

「おか……おか……おかあさん……お母さん。お母さあーん！　お母さあああーん‼」

曜子がその場に泣き崩れた。

「鳴りました。縁日到来」

ゆかりが手箱のフタを閉じ、ゆっくりとまぶたを上げた。

「曜子さん、それがあなたの鳴らなかった音。そして、あたしにできるのはここまで。乱れた心の音を整えることだけ。あとはあなた次第」

そこで藤村が小さくため息をついた。

「なんと思われようと、私と真人はこれまでうまくやってたさ。楽しかった。幸福だった。けれど、なんということだ、彼は残すところ三か月の命だ」

「なんですって⁉」

曜子が顔を上げ、思わずそう声を上げた。

「がんだよ。手遅れだ。全身が侵されてしまっている」

「……知らなかったわ」

「私も知らなかった。彼自身もね」

「なんということでしょう」

「曜子さん、あんたにはご亭主がいる」

しんみりと藤村が言った。

「そのご亭主が余命三か月と聞けば、周囲の人々はきっとあんたに同情することだろう。あるいは涙してくれる人もいるかもしれない。だが、初老の同性愛者の恋人が同じ境遇にあっても、悲しみを理解してくれる人間は少ない。分かるかね？　あんたのお母さんは真人にとって、いや、私たちにとってその数少ない理解者だ。大切な人だ」

曜子は肩を震わせて泣き続けた。

ゆかりが藤村の傍らに行く。

「今日はこんなお願いをして」

彼女が弓のような眉を寄せ、気の毒そうに言った。

「そして、つらい思いをさせてしまった。ごめんなさい」

「……」

「亮くん、なにかつくって差し上げて」

藤村がゆかりに向かって、

「あんたは？」

と言った。

「え？」

「恋人は？」

「いない」

「本当に？」

「ええ」

「寂しいことだ」

「そうね」

「寂し過ぎる」

「そうでしょうね」

「見ればかわいらしい人なのに」

「ありがと」

再び藤村がゆかりをまじまじと見て、

「驚いた、美しい人だ」

ゆかりは黙っていた。

「もっとも、私にしてみれば意味のない美しさだが、ね」

そう言って、ふっと笑った。

ゆかりも静かに微笑んで、

「亮くん、藤村さんになにか飲み物を」

「はい」

亮がゆかりに差し出したのはパンコだった。

驚いている彼女に、

「今日の〈音消し〉の間、龍神の手箱の中に、パンコはいませんでした。でも、ゆかりさんはもう大丈夫ですよ」

亮は手箱と引き換えにパンコを渡す。

ゆかりが手の中のパンコをじっと見ていた。

いつの間にかそばにやってきていた綾瀬が、

「それに、姫には俺たちがついてます。なにがあってもね」

包み込むように言葉をかけた。

ふたりに向かって彼女が言う。

「これからもよろしく」

「それが、ゆかりさんの鳴らなかった音」

亮は言った。

「かもね」

ゆかりが花がほころぶように笑った。

「下関にいる喜久蔵氏が――」

ゆかりがはっとして亮を見た。

「おじいちゃんに会ったの？」

亮は頷いた。

その時に交わされたであろう話の内容について、ゆかりは考えているようだった。

「なにか言ってた？」

「ふくを食いに来いって」

彼女が肩をすくめた。

「ねえ、おじいちゃんに伝えてくれる。これが宿命《さだめ》なら、あたしは鳴物師として生きてみせるって」

ゆかりが、喜久蔵だけでなく、綾瀬と自分に向かってそう言っているのが亮には分かった。

終章

月

赤いビニールのレインコートに身を包んだ音無ゆかりは、ひとりパン・アメリカンをあとにした。

不吉な朱《しゅ》が差した満月が、まるで鶏卵《けいらん》の殻《から》の内部のように夜空で膨らんでいる。月光に照らされたゆかりは、長い影を引きながら歩く。

諸外国の大使館や公使館、そこに駐在する人々が暮らす官邸や私邸が建ち並ぶ一角を通り過ぎると、さらにひっそりと暗い、古い屋敷町になる。樹の香りが夜霧に溶け込む、ゆかりのいつもの散歩コース。

小さく深呼吸した時、細く急な坂の上で、誰かが自分を待っているのに気づく。はっとしてレインコートのポケットに手を差し入れる。だが、そこにパンコはいない。亮が、もうパンコなしで大丈夫と言ったから。

ゆかりは、坂の上にいる者に近づいてはいけないことが分かっていた。だが、自分の意思とは関係なくそこに引きつけられる。どんどんそちらに向かってしまう。そう、まるで操られているかのように……

上るにしたがい、立っているのは男で、ひどく背が高いことが分かる。そして彼が、なにかしら自分を安心させる雰囲気をたたえているような気がした。

男が両腕を広げた。

――この動作をする人を、あたしは知っている。

彼の背後には、今やすっかり紅《あか》く染まった巨大な月が浮かんでいた。

「ゆかりさん行っちゃダメだ！」

亮は大声で叫び、自分のアパートのベッドで目を覚ました。全身にびっしょりと汗をかいていて、肩で息をしている。そして、なかなか呼吸が整わないでいた。

本書は、二〇一一年一〇月、弊社より発行された単行本『鳴物師　音無ゆかり　事件ファイル』を加筆・修正し、改題のうえ文庫化したものです。

文芸社文庫

鳴物師　音無ゆかり　依頼人の言霊

二〇一七年一月十五日　初版第一刷発行

著　者　上野歩
発行者　瓜谷綱延
発行所　株式会社　文芸社
〒一六〇‐〇〇二二
東京都新宿区新宿一‐一〇‐一
電話　〇三‐五三六九‐三〇六〇（代表）
〇三‐五三六九‐二二九九（販売）

印刷所　株式会社暁印刷
装幀者　三村淳

ISBN978-4-286-18030-4